Gedichte und Balladen

Herausgegeben von Gabriele und Gerd Jockel

Gedichte & Balladen

garant

Die Schreibweise entspricht den Regeln der neuen deutschen Rechtschreibung.

www.garant-verlag.de

Fotos: Oliver Rämisch
Gestaltung und Satz: Simone Halfar

ISBN: 3-938264-14-4

Inhaltsverzeichnis

Natur und Jahreszeiten

Im Winter trink ich
Friedrich von Bodenstedt

Im Winter trink ich und singe Lieder
aus Freude, dass der Frühling nah ist;
und kommt der Frühling, trink ich wieder
aus Freude, dass er endlich da ist.

Süßer Mai, du Quell des Lebens
Clemens Brentano

Süßer Mai, du Quell des Lebens,
bist so süßer Blumen voll,
Liebe sucht auch nicht vergebens
wem sie Kränze winden soll.

Süßer Mai, mit Blumen-Glocken
läutest du das Fest mir ein,
ich bekränze ihre Locken,
will ein frommer Gast auch sein.

Süßer Mai, zum Liebesmahle
trägst du Blumen-Kelche ein,
Blüten-Säulen stehn im Saale,
drüber wölbt sich Sonnenschein.

Süßer Mai, in deinen Kelchen
küssen fromme Bienen sich,
aber unter allen welchen
hast du eingefüllt für mich.

Süßer Mai! Du bringest nieder
Blume, Blüte, Sonnenschein,
dass ich wisse, wem die Lieder,
wem das Herz, das Leben weihn.

Wie liegt die Welt so frisch und tauig
Wilhelm Busch

Wie liegt die Welt so frisch und tauig
vor mir im Morgensonnenschein.
Entzückt vom hohen Hügel schau ich
ins frühlingsgrüne Tal hinein.

Mit allen Kreaturen bin ich
in schönster Seelenharmonie.
Wir sind verwandt, ich fühl es innig,
und eben darum lieb ich sie.

Und wird auch mal der Himmel grauer;
wer voll Vertrau'n die Welt besieht,
den freut es, wenn ein Regenschauer
mit Sturm und Blitz vorüberzieht.

Der Winter ging, der Sommer kam
Wilhelm Busch

Der Winter ging, der Sommer kam,
er bringt aufs Neue wieder
den viel beliebten Wunderkram
der Blumen und der Lieder.

Wie das so wechselt Jahr um Jahr,
betracht' ich fast mit Sorgen.
Was lebte, starb, was ist, es war,
und heute wird zu morgen.

Stets muss die Bildnerin Natur
den alten Ton benützen
in Haus und Garten, Wald und Flur
zu ihren neuen Skizzen.

Frühlingslied
Wilhelm Busch

In der Laube von Syringen,
oh, wie ist der Abend fein!
Brüder, lasst die Gläser klingen,
angefüllt mit Maienwein.

Heija, der frische Mai,
er bringt uns mancherlei.
Das Schönste aber hier auf Erden
ist, lieben und geliebt zu werden,
heija, im frischen Mai.

Über uns die lieben Sterne
blinken hell und frohgemut,
denn sie sehen schon von ferne,
auch hier unten geht es gut.

Wer sich jetzt bei trüben Kerzen
der Gelehrsamkeit befleißt,
diesem wünschen wir von Herzen,
dass er bald Professor heißt.

Wer als Wein- und Weiberhasser
jedermann im Wege steht,
der genieße Brot und Wasser,
bis er endlich in sich geht.

Wem vielleicht sein altes Hannchen
irgendwie abhanden kam,
nur getrost, es gab schon manchen,
der ein neues Hannchen nahm.

Also, eh der Mai zu Ende,
aufgeschaut und umgeblickt,
keiner, der nicht eine fände,
die ihn an ihr Herze drückt.

Jahre steigen auf und nieder;
aber wenn der Lenz erblüht,
dann, ihr Brüder, immer wieder
töne unser Jubellied.

Heija, der frische Mai,
er bringt uns mancherlei.
Das Schönste aber hier auf Erden
ist, lieben und geliebt zu werden,
heija, im frischen Mai.

Im Herbst
Wilhelm Busch

Der schöne Sommer ging von hinnen,
der Herbst, der reiche, zog ins Land.
Nun weben all die guten Spinnen
so manches feines Festgewand.

Sie weben zu des Tages Feier
mit kunstgeübtem Hinterbein
ganz allerliebste Elfenschleier
als Schmuck für Wiese, Flur und Hain.

Ja, tausend Silberfäden geben
dem Winde sie zum leichten Spiel,
die ziehen sanft dahin und schweben
ans unbewusst bestimmte Ziel.

Sie ziehen in das Wunderländchen,
wo Liebe scheu im Anbeginn
und leis' verknüpft ein zartes Bändchen
den Schäfer mit der Schäferin.

Natur und Jahreszeiten

Der Weiher
Annette von Droste-Hülshoff

Er liegt so still im Morgenlicht,
so friedlich, wie ein fromm Gewissen;
wenn Weste seinen Spiegel küssen,
des Ufers Blume fühlt es nicht;
Libellen zittern über ihn,
blaugoldne Stäbchen und Karmin,
und auf des Sonnenbildes Glanz
die Wasserspinne führt den Tanz;
Schwertlilienkranz am Ufer steht
und horcht des Schilfes Schlummerliede;
ein lindes Säuseln kommt und geht,
als flüstr' es: Friede! Friede! Friede!

Das Schilf
Annette von Droste-Hülshoff

Stille, er schläft, stille! Stille!
Libelle, reg die Schwingen sacht,
dass nicht das Goldgewebe schrille,
und, Ufergrün, halt gute Wacht,
kein Kieselchen lass niederfallen.
Er schläft auf seinem Wolkenflaum,
und über ihn lässt säuselnd wallen
das Laubgewölb' der alte Baum;
hoch oben, wo die Sonne glüht,
wieget der Vogel seine Flügel,
und wie ein schlüpfend' Fischlein zieht
sein Schatten durch des Teiches Spiegel.
Stille, stille! Er hat sich geregt,
ein fallend' Reis hat ihn bewegt,
das grad zum Nest der Hänfling trug;
Su, Su! breit' Ast, dein grünes Tuch -
Su, Su! nun schläft er fest genug.

Die Steppe
Annette von Droste-Hülshoff

Standest du je am Strande,
wenn Tag und Nacht sich gleichen,
und sahst aus Lehm und Sande
die Regenrinnen schleichen -
zahllose Schmugglerquellen,
und dann, so weit das Auge
nur reicht, des Meeres Wellen
gefärbt mit gelber Lauge? -

Hier ist die Dün' und drunten
das Meer, Kanonen gleichend
stehn Schäferkarrn, die Lunten
verlöscht am Boden streichend.
Gilt's etwa dem Korsaren
im flatternden Kaftane,
den dort ich kann gewahren
im gelben Ozeane?

Er scheint das Tau zu schlagen,
sein Schiff verdeckt die Düne,
doch sieht den Mast man ragen, -
ein dürrer Fichtenhüne;
von seines Toppes Kunkel
die Seile stramm wie Äste,
der Mastkorb, rau und dunkel,
gleicht einem Weihenneste! -

Frühlingsnacht
Joseph von Eichendorff

Übern Garten durch die Lüfte
hört' ich Wandervögel ziehn,
das bedeutet Frühlingsdüfte,
unten fängt's schon an zu blühn.

Jauchzen möchte ich, möchte weinen,
ist mir's doch, als könnt's nicht sein!
Alte Wunder wieder scheinen
mit dem Mondesglanz herein.

Und der Mond, die Sterne sagen's,
und in Träumen rauscht's der Hain,
und die Nachtigallen schlagen's:
Sie ist deine, sie ist dein!

Durcheinander
Joseph von Eichendorff

Spatzen schrein und Nachtigallen,
Nelke glüht und Distel sticht,
Rose schön durch Nesseln bricht,
besser noch hat mir gefallen
Liebchens spielendes Augenlicht;
aber fehlte auch nur eins von allen,
's wär eben der närrische Frühling nicht.

Im Herbst
Joseph von Eichendorff

Der Wald wird falb, die Blätter fallen,
wie öd und still der Raum!
Die Bächlein nur gehn durch die Buchenhallen
lindrauschend wie im Traum,
und Abendglocken schallen
fern von des Waldes Saum.

Was wollt ihr mich so wild verlocken
in dieser Einsamkeit?
Wie in der Heimat klingen diese Glocken
aus stiller Kinderzeit.
Ich wende mich erschrocken -
ach, was mich liebt, ist weit!

So brecht hervor nur, alte Lieder,
und brecht das Herz mir ab!
Noch einmal grüß ich aus der Ferne wieder,
was ich nur Liebes hab,
mich aber zieht es nieder
vor Wehmut wie ins Grab.

Winterlied
Joseph von Eichendorff

Mir träumt', ich ruhte wieder
vor meines Vaters Haus
und schaute fröhlich nieder
ins alte Tal hinaus,
die Luft mit lindem Spielen
ging durch das Frühlingslaub,
und Blütenflocken fielen
mir über Brust und Haupt.

Als ich erwacht', da schimmert
der Mond vom Waldesrand,
im falben Scheine flimmert
um mich ein fremdes Land,
und wie ich ringsher sehe:
Die Flocken waren Eis,
die Gegend war vom Schnee,
mein Haar vom Alter weiß.

Laue Luft kommt blau geflossen
Joseph von Eichendorff

Laue Luft kommt blau geflossen,
Frühling, Frühling soll es sein!
Waldwärts Hörnerklang geschossen,
mut'ger Augen lichter Schein,
und das Wirren bunt und bunter
wird ein magisch wilder Fluss,
in die schöne Welt hinunter
lockt dich dieses Stromes Gruß.

Und ich mag mich nicht bewahren!
Weit von Euch treibt mich der Wind,
auf dem Strome will ich fahren,
von dem Glanze selig blind!
Tausend Stimmen lockend schlagen,
hoch Aurora flammend weht,
fahre zu! ich mag nicht fragen,
wo die Fahrt zu Ende geht!

O Herbst, in linden Tagen
Joseph von Eichendorff

O Herbst, in linden Tagen,
wie hast du rings dein Reich
fantastisch aufgeschlagen,
so bunt und doch so bleich!

Wie öde, ohne Brüder,
mein Tal so weit und breit,
ich kenne dich kaum wieder
in dieser Einsamkeit.

So wunderbare Weise
singt nun dein bleicher Mund,
es ist, als öffnet' leise
sich unter mir der Grund.

Und ich ruht' überwoben,
du sängest immerzu,
die Linde schüttelt oben
ihr Laub und deckt mich zu.

Der Frühling kam
Theodor Fontane

Der Frühling kam, der Weltbefreier,
die Erde lebt und grünt und blüht,
am Himmel keine Wolkenschleier,
und ohne Wolken das Gemüt.

Die Vögel und die Menschen singen
und wie die Lerche himmelwärts,
will sich empor zur Gottheit schwingen
im Dankgebet das Menschenherz.

Oh, Herz! Es brach die Frühlingssonne
des Winters Ketten wohl entzwei,
wohl ziemt der Erde Dank und Wonne -
doch bist du auch von Ketten frei?

Und blüht der Weizen
Johann Wolfgang von Goethe

Und blüht der Weizen, so reift er auch,
das ist immer so ein alter Brauch.
Und schlägt der Hagel die Ernte nieder,
übers andere Jahr trägt der Boden wieder.

Gefunden
Johann Wolfgang von Goethe

Ich ging im Walde
so für mich hin,
und nichts zu suchen,
das war mein Sinn.

Im Schatten sah ich
ein Blümchen stehn,
wie Sterne leuchtend,
wie Äuglein schön.

Ich wollt' es brechen,
da sagt' es fein:
Soll ich zum Welken
gebrochen sein?

Ich grub's mit allen
den Würzlein aus,
zum Garten trug ich's
am hübschen Haus.

Und pflanzt' es wieder
am stillen Ort;
nun zweigt es immer
und blüht so fort.

Heidenröslein
Johann Wolfgang von Goethe

Sah ein Knab' ein Röslein stehn,
Röslein auf der Heiden,
war so jung und morgenschön,
lief er schnell, es nah zu sehn,
sah's mit vielen Freuden.
Röslein, Röslein, Röslein rot,
Röslein auf der Heiden.

Knabe sprach: Ich breche dich,
Röslein auf der Heiden!
Röslein sprach: Ich steche dich,
dass du ewig denkst an mich,
und ich will's nicht leiden.
Röslein, Röslein, Röslein rot,
Röslein auf der Heiden.

Und der wilde Knabe brach
'S Röslein auf der Heiden;
Röslein wehrte sich und stach,
half ihm doch kein Weh und Ach,
musst' es eben leiden.
Röslein, Röslein, Röslein rot,
Röslein auf der Heiden.

Das Veilchen
Johann Wolfgang von Goethe

Ein Veilchen auf der Wiese stand
gebückt in sich und unbekannt;
es war ein herzig's Veilchen.
Da kam eine junge Schäferin,
mit leichtem Schritt und munterm Sinn,
daher, daher,
die Wiese her, und sang.

Ach! denkt das Veilchen, wär ich nur
die schönste Blume der Natur,
ach, nur ein kleines Weilchen,
bis mich das Liebchen abgepflückt
und an dem Busen mattgedrückt!
Ach nur, ach nur
ein Viertelstündchen lang!

Ach! Aber ach! Das Mädchen kam
und nicht in Acht das Veilchen nahm,
ertrat das arme Veilchen.
Es sank und starb und freut' sich noch:
Und sterb ich denn, so sterb ich doch
durch sie, durch sie,
zu ihren Füßen doch.

Mailied
Johann Wolfgang von Goethe

Wie herrlich leuchtet mir die Natur!
Wie glänzt die Sonne! Wie lacht die Flur!
Es dringen Blüten aus jedem Zweig
und tausend Stimmen aus dem Gesträuch
und Freud' und Wonne aus jeder Brust.
O Erd', o Sonne, o Glück, o Lust!
O Lieb', o Liebe! So golden schön,
wie Morgenwolken auf jenen Höh'n!
Du segnest herrlich das frische Feld,
im Blütendampfe die volle Welt.
O Mädchen, Mädchen, wie lieb ich dich!
Wie blinkt dein Auge! Wie liebst du mich!
So liebt die Lerche Gesang und Luft,
und Morgenblumen den Himmelsduft,
wie ich dich liebe mit warmem Blut,
die du mir Jugend und Freud und Mut
zu neuen Liedern und Tänzen gibst.
Sei ewig glücklich, wie du mich liebst!

Ländlich
Johann Wolfgang von Goethe

Die Nachtigall, sie war entfernt,
der Frühling lockt sie wieder;
was Neues hat sie nicht gelernt,
singt alte, liebe Lieder.

Herbstbild
Friedrich Hebbel

Dies ist ein Herbsttag, wie ich keinen sah!
Die Luft ist still, als atmete man kaum,
und dennoch fallen raschelnd, fern und nah,
die schönsten Früchte ab von jedem Baum.

O stört sie nicht, die Feier der Natur!
Dies ist die Lese, die sie selber hält,
denn heute löst sich von den Zweigen nur,
was vor dem milden Strahl der Sonne fällt.

Der letzte Baum
Friedrich Hebbel

So wie die Sonne untergeht,
gibt's einen letzten Baum,
der, wie in Morgenflammen, steht
am fernsten Himmelssaum.

Es ist ein Baum und weiter nichts,
doch denkt man in der Nacht
des letzten wunderbaren Lichts,
so wird auch sein gedacht.

Auf gleiche Weise denk ich dein,
nun mich die Jugend lässt,
du hältst mir ihren letzten Schein
für alle Zeiten fest.

Leise zieht durch mein Gemüt
Heinrich Heine

Leise zieht durch mein Gemüt
liebliches Geläute.
Klinge, kleines Frühlingslied,
kling hinaus ins Weite.
Kling hinaus bis an das Haus,
wo die Blumen sprießen.
Wenn du eine Rose schaust,
sag, ich lass sie grüßen.

Im wunderschönen Monat Mai
Heinrich Heine

Im wunderschönen Monat Mai,
als alle Knospen sprangen,
da ist in meinem Herzen
die Liebe aufgegangen.

Im wunderschönen Monat Mai,
als alle Vögel sangen,
da hab ich ihr gestanden
mein Sehnen und Verlangen.

Gekommen ist der Maie
Heinrich Heine

Gekommen ist der Maie,
die Blumen und Bäume blühn,
und durch die Himmelsbläue
die rosigen Wolken ziehn.

Die Nachtigallen singen
herab aus der laubigen Höh',
die weißen Lämmer springen
im weichen grünen Klee.

Ich kann nicht singen und nicht springen,
ich liege krank im Gras;
ich höre fernes Klingen,
mir träumt, ich weiß nicht was.

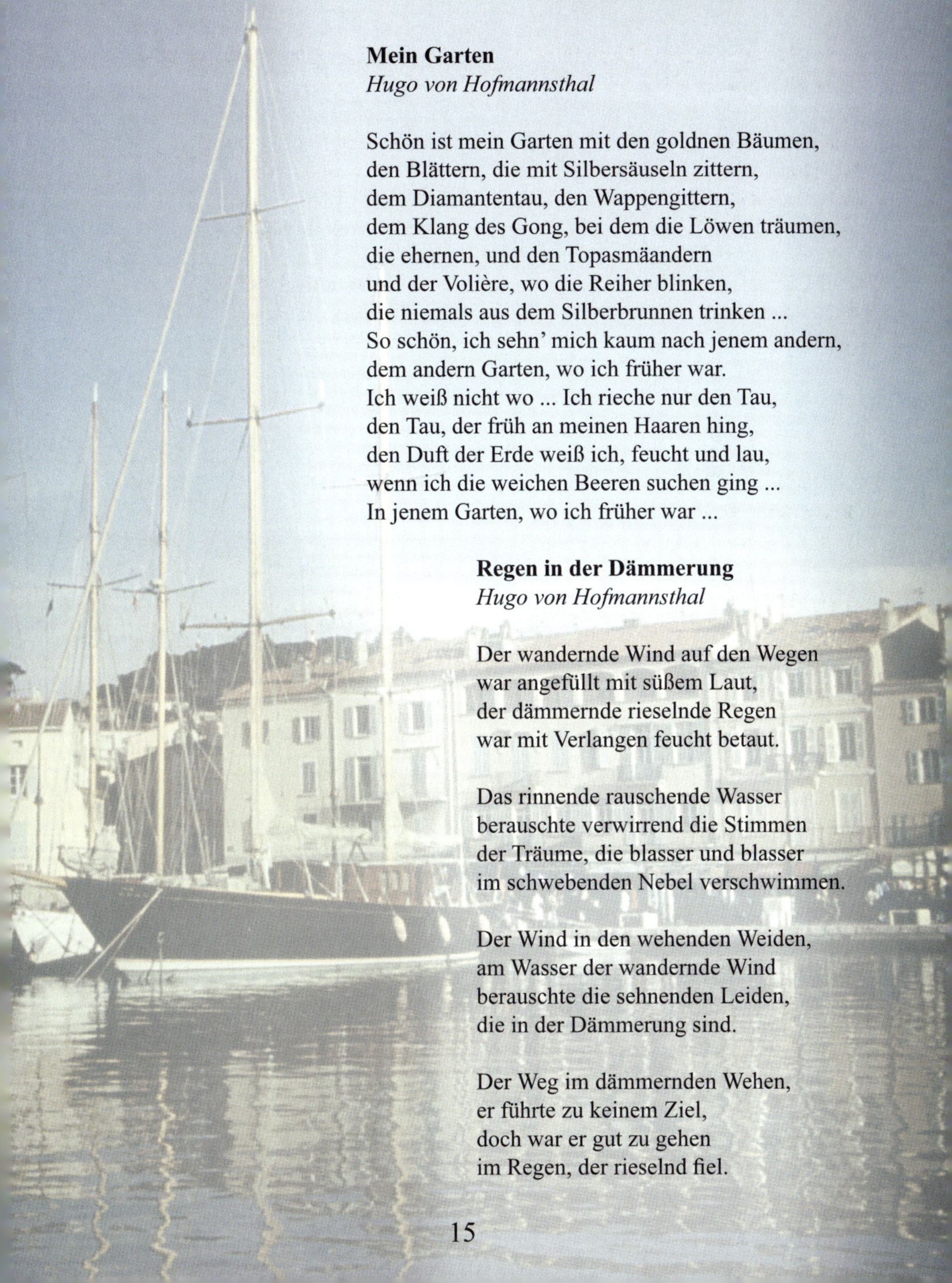

Mein Garten

Hugo von Hofmannsthal

Schön ist mein Garten mit den goldnen Bäumen,
den Blättern, die mit Silbersäuseln zittern,
dem Diamantentau, den Wappengittern,
dem Klang des Gong, bei dem die Löwen träumen,
die ehernen, und den Topasmäandern
und der Volière, wo die Reiher blinken,
die niemals aus dem Silberbrunnen trinken ...
So schön, ich sehn' mich kaum nach jenem andern,
dem andern Garten, wo ich früher war.
Ich weiß nicht wo ... Ich rieche nur den Tau,
den Tau, der früh an meinen Haaren hing,
den Duft der Erde weiß ich, feucht und lau,
wenn ich die weichen Beeren suchen ging ...
In jenem Garten, wo ich früher war ...

Regen in der Dämmerung

Hugo von Hofmannsthal

Der wandernde Wind auf den Wegen
war angefüllt mit süßem Laut,
der dämmernde rieselnde Regen
war mit Verlangen feucht betaut.

Das rinnende rauschende Wasser
berauschte verwirrend die Stimmen
der Träume, die blasser und blasser
im schwebenden Nebel verschwimmen.

Der Wind in den wehenden Weiden,
am Wasser der wandernde Wind
berauschte die sehnenden Leiden,
die in der Dämmerung sind.

Der Weg im dämmernden Wehen,
er führte zu keinem Ziel,
doch war er gut zu gehen
im Regen, der rieselnd fiel.

Vorfrühling
Hugo von Hofmannsthal

Es läuft der Frühlingswind
durch kahle Alleen,
seltsame Dinge sind
in seinem Wehn.

Er hat sich gewiegt,
wo Weinen war,
und hat sich geschmiegt
in zerrüttetes Haar.

Er schüttelte nieder
Akazienblüten
und kühlte die Glieder,
die atmend glühten.

Lippen im Lachen
hat er berührt,
die weichen und wachen
Fluren durchspürt.

Er glitt durch die Flöte
als schluchzender Schrei,
an dämmernder Röte
flog er vorbei.

Er flog mit Schweigen
durch flüsternde Zimmer
und löschte im Neigen
der Ampel Schimmer.

Es läuft der Frühlingswind
durch kahle Alleen,
seltsame Dinge sind
in seinem Wehn.

Durch die glatten
kahlen Alleen
treibt sein Wehn
blasse Schatten.

Und den Duft,
den er gebracht,
von wo er gekommen
seit gestern Nacht.

Wolken
Hugo von Hofmannsthal

Am nächtigen Himmel ein Drängen und Dehnen,
Wolkengewimmel in hastigem Sehnen.
In lautloser Hast - von welchem Zug
gebietend erfasst? - gleitet ihr Flug.
Es schwankt gigantisch im Mondesglanz
auf meiner Seele ihr Schattentanz.
Wogende Bilder, kaum noch begonnen,
wachsen sie wilder, sind sie zerronnen.
Ein loses Schweifen ... ein Halb-Verstehen ...
ein Flüchtig-Ergreifen ... ein Weiterwehn ...
Ein lautloses Gleiten, ledig der Schwere,
durch aller Weiten blauende Leere.

Sehnsucht nach dem Frühling
Hoffmann von Fallersleben

O wie ist es kalt geworden
und so traurig, öd' und leer!
Raue Winde wehn von Norden
und die Sonne scheint nicht mehr.

Auf die Berge möcht' ich fliegen,
möchte sehn ein grünes Tal,
möcht' in Gras und Blumen liegen
und mich freun am Sonnenstrahl.

Möchte hören die Schalmeien
und der Herden Glockenklang,
möchte freuen mich im Freien
an der Vögel süßem Sang.

Schöner Frühling, komm doch wieder,
lieber Frühling, komm doch bald,
bring uns Blumen, Laub und Lieder,
schmücke wieder Feld und Wald!

Der Frühling hat sich eingestellt
Hoffmann von Fallersleben

Der Frühling hat sich eingestellt;
wohlan, wer will ihn sehn?
Der muss mit mir ins freie Feld,
ins grüne Feld nun gehen.

Er hielt im Walde sich versteckt,
dass niemand ihn mehr sah;
ein Vöglein hat ihn aufgeweckt,
jetzt ist er wieder da.

Jetzt ist der Frühling wieder da;
ihm folgt, wohin er zieht,
nur lauter Freude, fern und nah,
und lauter Spiel und Lied.

Und allen hat er, Groß und Klein,
was Schönes mitgebracht;
und sollt's auch nur ein Sträußchen sein,
er hat an uns gedacht.

Drum frisch hinaus ins freie Feld,
ins grüne Feld hinaus,
der Frühling hat sich eingestellt
wer bliebe da zu Haus?

Der Sommer
Friedrich Hölderlin

Wenn dann vorbei des Frühlings Blüte schwindet,
so ist der Sommer da, der um das Jahr sich windet.
Und wie der Bach das Tal hinuntergleitet,
so ist der Berge Pracht darum verbreitet.
Dass sich das Feld mit Pracht am meisten zeiget,
ist, wie der Tag, der sich zum Abend neiget;
wie so das Jahr verweilt, so sind des Sommers Stunden
und Bilder der Natur dem Menschen oft verschwunden.

Natur und Jahreszeiten

Der Herbst
Friedrich Hölderlin

Die Sagen, die der Erde sich entfernen,
vom Geiste, der gewesen ist und wiederkehret,
sie kehren zu der Menschheit sich, und vieles lernen
wir aus der Zeit, die eilends sich verzehret.

Die Bilder der Vergangenheit sind nicht verlassen
von der Natur, als wie die Tag' verblassen
im hohen Sommer, kehrt der Herbst zur Erde nieder,
der Geist der Schauer findet sich am Himmel wieder.

In kurzer Zeit hat vieles sich geendet,
der Landmann, der am Pfluge sich gezeiget,
er siehet, wie das Jahr sich frohem Ende neiget,
in solchen Bildern ist des Menschen Tag vollendet.

Der Erde Rund mit Felsen ausgezieret
ist wie die Wolke nicht, die abends sich verlieret,
es zeiget sich mit einem goldnen Tage,
und die Vollkommenheit ist ohne Klage.

Der Winter
Friedrich Hölderlin

Wenn ungesehn und nun vorüber sind die Bilder
der Jahreszeit, so kommt des Winters Dauer,
das Feld ist leer, die Ansicht scheinet milder,
und Stürme wehn umher und Regenschauer.
Als wie ein Ruhetag, so ist des Jahres Ende,
wie einer Frage Ton, dass dieser sich vollende,
alsdann erscheint des Frühlings neues Werden,
so glänzet die Natur mit ihrer Pracht auf Erden.

Erde, die uns dies gebracht
Christian Morgenstern

Erde, die uns dies gebracht,
Sonne, die es reif gemacht.
Liebe Sonne, liebe Erde,
euer nie vergessen werde.
Wir haben volle Teller
und voll sind Scheune und Keller,
wir leiden keine Not.
Gesichert ist das Brot,
die Äpfel sind knallrot
und auch der süße Wein
lief rein ins Fass hinein.
Die Ernt' ist geborgen,
wir haben keine Sorgen,
drum sei heut Dank gebracht,
Sonne, die es reif gemacht.
Liebe Sonne, liebe Erde,
euer nie vergessen werde!

Im Frühling
Eduard Mörike

Hier lieg ich auf dem Frühlingshügel:
Die Wolke wird mein Flügel,
ein Vogel fliegt mir voraus.
Ach, sag mir, alleinzige Liebe,
wo du bleibst, dass ich bei dir bliebe!
Doch du und die Lüfte, ihr habt kein Haus.

Der Sonnenblume gleich steht mein Gemüte offen,
sehnend, sich dehnend in Lieben und Hoffen.
Frühling, was bist du gewillt?
Wann werd ich gestillt?

Die Wolke seh ich wandeln und den Fluss,
es dringt der Sonne goldner Kuss
mir tief bis ins Geblüt hinein;
die Augen, wunderbar berauschet,
tun, als schliefen sie ein,
nur noch das Ohr dem Ton der Biene lauschet.
Ich denke dies und denke das,
ich sehne mich, und weiß nicht recht, nach was:
Halb ist es Lust, halb ist es Klage;
mein Herz, o sage,
was webst du für Erinnerung
in golden grüner Zweige Dämmerung?
- Alte unnennbare Tage!

Septembermorgen
Eduard Mörike

Im Nebel ruhet noch die Welt,
noch träumen Wald und Wiesen:
Bald siehst du, wenn der Schleier fällt,
den blauen Himmel unverstellt,
herbstkräftig die gedämpfte Welt
in warmem Golde fließen.

Er ist's
Eduard Mörike

Frühling lässt sein blaues Band
wieder flattern durch die Lüfte;
süße, wohl bekannte Düfte
streifen ahnungsvoll das Land.
Veilchen träumen schon,
wollen balde kommen.
- Horch, von fern ein leiser Harfenton!
Frühling, ja, du bist's!
Dich hab ich vernommen!

Der Apfelgarten
Rainer Maria Rilke

Komm gleich nach dem Sonnenuntergange,
sieh das Abendgrün des Rasengrunds;
ist es nicht, als hätten wir es lange
angesammelt und erspart in uns,
um es jetzt aus Fühlen und Erinnern,
neuer Hoffnung, halb vergessnem Freun,
noch vermischt mit Dunkel aus dem Innern,
in Gedanken vor uns hinzustreun
unter Bäume wie von Dürer, die

das Gewicht von hundert Arbeitstagen
in den überfüllten Früchten tragen,
dienend, voll Geduld, versuchend, wie
das, was alle Maße übersteigt,
noch zu heben ist und hinzugeben,
wenn man willig, durch ein langes Leben
nur das eine will und wächst und schweigt.

Frühling
Rainer Maria Rilke

Nicht so sehr der neue Schimmer tat's,
dass wir meinen, Frühling mitzuwissen,
als ein Spiel von sanften Schattenrissen
auf der Klärung eines Gartenpfads.

Schatten eignet uns den Garten an.
Blätterschatten lindert unsern Schrecken,
wenn wir in der Wandlung, die begann,
uns schon vorverwandelter entdecken.

Ein Frühlingswind
Rainer Maria Rilke

Mit diesem Wind kommt Schicksal; lass, o lass
es kommen, all das Drängende und Blinde,
von dem wir glühen werden -: alles das.
(Sei still und rühr dich nicht, dass es uns finde.)
O unser Schicksal kommt mit diesem Winde.

Von irgendwo bringt dieser neue Wind,
schwankend vom Tragen namenloser Dinge,
über das Meer her, was wir sind.

... Wären wir's doch. So wären wir zuhaus.
(Die Himmel stiegen in uns auf und nieder.)
Aber mit diesem Wind geht immer wieder
das Schicksal riesig über uns hinaus.

Aus einem April
Rainer Maria Rilke

Wieder duftet der Wald.
Es heben die schwebenden Lerchen
mit sich den Himmel empor, der unseren Schultern schwer war;
zwar sah man noch durch die Äste den Tag, wie er leer war, -
aber nach langen, regnenden Nachmittagen
kommen die goldübersonnten neueren Stunden,
vor denen flüchtend an fernen Häuserfronten
alle die wunden Fenster furchtsam mit Flügeln schlagen.
Dann wird es still. Sogar der Regen geht leiser
über der Steine ruhig dunkelnden Glanz.
Alle Geräusche ducken sich ganz
in die glänzenden Knospen der Reiser.

Blaue Hortensie
Rainer Maria Rilke

So wie das letzte Grün in Farbentiegeln
sind diese Blätter, trocken, stumpf und rau,
hinter den Blütendolden, die ein Blau
nicht auf sich tragen, nur von ferne spiegeln.

Sie spiegeln es verweint und ungenau,
als wollten sie es wiederum verlieren,
und wie in alten blauen Briefpapieren
ist Gelb in ihnen, Violett und Grau;

Verwaschnes wie an einer Kinderschürze,
Nichtmehrgetragnes, dem nichts mehr geschieht:
wie fühlt man eines kleinen Lebens Kürze.

Doch plötzlich scheint das Blau sich zu verneuen
in einer von den Dolden, und man sieht
ein rührend' Blaues sich vor Grünem freuen.

Der Schwan
Rainer Maria Rilke

Diese Mühsal, durch noch Ungetanes
schwer und wie gebunden hinzugehn,
gleicht dem ungeschaffnen Gang des Schwanes.
Und das Sterben, dieses Nichtmehrfassen
jenes Grunds, auf dem wir täglich stehn,
seinem ängstlichen Sich-Niederlassen -:
in die Wasser, die ihn sanft empfangen
und die sich, wie glücklich und vergangen,
unter ihm zurückziehn, Flut um Flut;
während er unendlich still und sicher
immer mündiger und königlicher
und gelassener zu ziehn geruht.

Herbst
Rainer Maria Rilke

Die Blätter fallen, fallen wie von weit,
als welkten in den Himmeln ferne Gärten;
sie fallen mit verneinender Gebärde.
Und in den Nächten fällt die schwere Erde
aus allen Sternen in die Einsamkeit.
Wir alle fallen. Diese Hand da fällt.
Und sieh dir andre an: es ist in allen.
Und doch ist Einer, welcher dieses Fallen
unendlich sanft in seinen Händen hält.

Herbsttag
Rainer Maria Rilke

Herr: Es ist Zeit. Der Sommer war sehr groß.
Leg deinen Schatten auf die Sonnenuhren
und auf den Fluren lass die Winde los.

Befiel den letzten Früchten voll zu sein;
gib ihnen noch zwei südlichere Tage,
dränge sie zur Vollendung hin und jage
die letzte Süße in den schweren Wein.

Wer jetzt kein Haus hat, baut sich keines mehr.
Wer jetzt allein ist, wird es lange bleiben,
wird wachen, lesen, lange Briefe schreiben
und wird in den Alleen hin und her
unruhig wandern, wenn die Blätter treiben.

Heuernte
Gustav Schwab

Heuernte, schönste Zeit im Jahr,
der Wald längst grün
und doch noch klar,
die Blumen ganz im Blüh'n,
die Saat noch hoffnungsgrün.

Grün hängt die Frucht
im dichten Baum,
halb ausgebildet, halb noch Traum;
still steht des Lebens Flucht
noch zwischen Blüt' und Frucht.

Nur erntereif das flücht'ge Gras
und frisch und duftig selber das.
Wohl, wenn's ans Welken geht,
dem, der so süß verweht!

Die Luft noch nicht zu wild
durchschwirrt,
nur hier und dort ein Käfer irrt;
im Grillchen kichert nur,
im Vogel jauchzt Natur.

Vorüber schwebt ein geist'ger Duft,
ein Äther durch den Dampf der Luft!
Ist's Engelsodem? Nein!
Es ist der blüh'nde Wein!

O Mensch, genieße diese Zeit
und atme sie wie Ewigkeit;
leg dich am Quell ins Heu,
erbau dein Traumgebäu'!

Geschwind, eh dich ein Tropfen weckt,
eh dich ein Blitz, ein Donner schreckt,
denn auch der Wonne Born
wallt plötzlich auf im Zorn.

Dann sät sein Korn der Hagel aus,
der Sturm bricht Äste sich zum Strauß,
der Bach zerreißt das Land –
Frucht, Blüte, Gras verschwand.

Und aus der Erde schauet nur
Theodor Storm

Und aus der Erde schauet nur
alleine noch Schneeglöckchen;
so kalt, so kalt ist noch die Flur,
es friert im weißen Röckchen.

Oktoberlied
Theodor Storm

Der Nebel steigt, es fällt das Laub.
Schenk ein, den Wein, den holden.
Wir wollen uns den grauen Tag
vergolden, ja vergolden!

Und geht es draußen noch so toll,
unchristlich oder christlich,
ist doch die Welt, die schöne Welt,
so gänzlich unverwüstlich!

Und wimmert auch einmal das Herz,
stoß an und lass es klingen!
Wir wissen's doch, ein rechtes Herz
ist gar nicht umzubringen.

Der Nebel steigt, es fällt das Laub.
Schenk ein, den Wein, den holden.
Wir wollen uns den grauen Tag
vergolden, ja vergolden!

Wohl ist es Herbst, doch warte nur,
doch warte nur ein Weilchen!
Der Frühling kommt, der Himmel lacht,
es steht die Welt in Veilchen.

Die blauen Tage brechen an,
und ehe sie verfließen,
wir wollen sie, mein wackrer Freund,
genießen, ja genießen.

Lob des Frühlings
Ludwig Uhland

Saatengrün, Veilchenduft,
Lerchenwirbel, Amselschlag,
Sonnenregen, linde Luft!
Wenn ich solche Worte singe,
braucht es dann noch großer Dinge,
dich zu preisen, Frühlingstag?

Frühlingsglaube
Ludwig Uhland

Der linden Lüfte sind erwacht,
sie säuseln und weben an allen Enden.
O frischer Duft, o neuer Klang!
Nun, armes Herze, sei nicht bang!
Nun muss sich alles, alles wenden.

Die Welt wird schöner mit jedem Tag.
Man weiß nicht, was noch kommen mag.
Das Blühen will nicht enden.
Es blüht das fernste, tiefste Tal.
Nun, armes Herz, vergiss die Qual!
Nun muss sich alles, alles wenden.

Heimat und Fernweh

Ferne Berge seh ich glühen!
Wilhelm Busch

Ferne Berge seh ich glühen!
Unruhvoller Wandersinn!
Morgen will ich weiterziehen,
weiß der Teufel, wohin!

Ja, ich will mich nur bereiten,
will - was hält mich nur zurück?
Nichts wie dumme Kleinigkeiten!
Zum Exempel, dein Blick!

In der Fremde
Joseph von Eichendorff

Ich hör die Bächlein rauschen
im Walde her und hin,
im Walde in dem Rauschen
ich weiß nicht, wo ich bin.

Die Nachtigallen schlagen
hier in der Einsamkeit,
als wollten sie was sagen
von der alten, schönen Zeit.

Die Mondesschimmer fliegen,
als säh' ich unter mir
das Schloss im Tale liegen,
und ist doch so weit von hier!

Als müsste in dem Garten
voll Rosen weiß und rot,
meine Liebste auf mich warten
und ist doch lange tot.

O Täler weit, o Höhen
Joseph von Eichendorff

O Täler weit, o Höhen,
o schöner, grüner Wald,
du meiner Lust und Wehen
andächt'ger Aufenthalt!
Da draußen, stets betrogen,
saust die geschäft'ge Welt,
schlag noch einmal die Bogen
um mich, du grünes Zelt!

Wann es beginnt zu tagen,
die Erde dampft und blinkt,
die Vögel lustig schlagen,
dass dir dein Herz erklingt:
Da mag vergehn, verwehen
das trübe Erdenleid
da sollst du auferstehen
in junger Herrlichkeit.

Da steht im Wald geschrieben
ein stilles, ernstes Wort,
vom rechten Tun und Lieben,
und was des Menschen Hort.
Ich habe treu gelesen
die Worte schlicht und wahr,
und durch mein ganzes Wesen
ward's unaussprechlich klar.

Bald werd ich dich verlassen,
fremd, in der Fremde gehen,
auf bunt bewegten Gassen,
des Lebens Schauspiel sehn,
und mitten in dem Leben
wird deines Ernsts Gewalt,
mich Einsamen erheben,
so wird mein Herz nicht alt.

In einem kühlen Grunde
Joseph von Eichendorff

In einem kühlen Grunde,
da geht ein Mühlenrad,
meine Liebste ist verschwunden,
die dort gewohnet hat.

Sie hat mir Treu' versprochen,
gab mir ein'n Ring dabei,
sie hat die Treu gebrochen,
mein Ringlein sprang entzwei.

Ich möchte als Spielmann reisen
weit in die Welt hinaus,
und singen meine Weisen
und gehen von Haus zu Haus.

Ich möchte als Reiter fliegen
wohl in die blut'ge Schlacht,
um stille Feuer liegen
im Feld bei dunkler Nacht.

Hör ich das Mühlrad gehen,
ich weiß nicht, was ich will,
ich möchte am liebsten sterben,
da wär's auf einmal still.

Konnt' mich auch sonst mit schwingen
Joseph von Eichendorff

Konnt' mich auch sonst mit schwingen
übers grüne Revier,
hatt' ein Herze zum Singen
und Flügel wie ihr.

Flog über die Felder,
da blüht' es wie Schnee,
und herauf durch die Wälder
spiegelt' die See.

Ein Schiff sah ich gehen
fort über das Meer,
meinen Liebsten drin stehen -
dacht' meiner nicht mehr.

Und die Segel verzogen
und es dämmert das Feld,
und ich hab mich verflogen
in der weiten, weiten Welt.

Herr von Ribbeck auf Ribbeck im Havelland
Theodor Fontane

Herr von Ribbeck auf Ribbeck im Havelland,
ein Birnbaum in seinem Garten stand,
und kam die goldene Herbsteszeit
und die Birnen leuchteten weit und breit,
da stopfte, wenn's Mittag vom Turme scholl,
der von Ribbeck sich beide Taschen voll,
und kam in Pantinen ein Junge daher,
so rief er: "Junge, wiste 'ne Beer?"
Und kam ein Mädel, so rief er: "Lütt Dirn,
kumm man röwer, ick hebb 'ne Birn."

So ging es viel Jahre, bis lobesam
der von Ribbeck auf Ribbeck zu sterben kam.
Er fühlte sein Ende. 's war Herbsteszeit,
wieder lachten die Birnen weit und breit;
Da sagte von Ribbeck: "Ich scheide nun ab.
Legt mir eine Birne mit ins Grab."
Und drei Tage drauf, aus dem Doppeldachhaus,
trugen von Ribbeck sie hinaus,
alle Bauern und Büdner mit Feiergesicht
sangen "Jesus, meine Zuversicht",
und die Kinder klagten, das Herze schwer:
"He is dod nu. Wer giwt uns nu 'ne Beer?"

So klagten die Kinder. Das war nicht recht -
ach, sie kannten den alten Ribbeck schlecht;
der neue freilich, der knausert und spart,
hält Park und Birnbaum strenge verwahrt.
Aber der alte, vorahnend schon
und voll Misstrau'n gegen den eigenen Sohn,
der wusste genau, was damals er tat,
als um eine Birn' ins Grab er bat,
und im dritten Jahr aus dem stillen Haus
ein Birnbaumsprössling sprosst' heraus.

Und die Jahre gehen wohl auf und ab,
längst wölbt sich ein Birnbaum über dem Grab,
und in der goldenen Herbsteszeit
leuchtet's wieder weit und breit.
Und kommt ein Jung' übern Kirchhof her,
so flüstert's im Baume: "Wiste 'ne Beer?"
Und kommt ein Mädel, so flüstert's: "Lütt Dirn,
kumm man röwer, ick gew' di 'ne Birn."

So spendet Segen noch immer die Hand
des von Ribbeck auf Ribbeck im Havelland.

Meine Reiselust - früher und jetzt
Theodor Fontane

"Auf, hinaus in die weite Welt",
drauf war mir ehdem der Sinn gestellt,
mehr als Weisheit aller Weisen
galt mir reisen, reisen, reisen;
Tsad-See, Kongo, Land der Zwerge,
Kapstadt und die Tafelberge,
Zulus, Nigger mit dickem Flunsche,
Mongolen umfasst ich mit gleichem Wunsche,
und Bürgers Lenore mit fliegenden Haaren,
die so romantisch ums Morgenrot gefahren,
ob mit ihm, ob ohne - dass einer so fährt,
erschien mir allein schon beneidenswert.
(Freiligrath und den "Löwenritt"
nahm ich so nebenher noch mit.)
Nach Salas y Gomez wurd' ich getrieben,
wo der Mann die drei Schiefertafeln geschrieben.

Jetzt zwischen Link- und Eichhornstraße
mess ich meine bescheidenen Maße,
höchstens bis Königin Luise
wag ich mich vor, umschreitend diese,
bleib dann ein Weilchen noch in dem Bereiche
des Floraplatzes am Goldfischteiche.
Der Wrangelbrunnen bleibt mir zur Linken,
rechtsher seh ich Goethe winken.
Zuletzt dann vorbei an der Bismarckpforte
kehr heim ich zu meinem alten Orte,
zu meiner Dreitreppen-Klause,
hoch im Johanniterhause. -
Schon seh ich grüßen, schon hör ich rufen -
aber noch 75 Stufen.

Heimat und Fernweh

Der Mai ist gekommen
Emanuel Geibel

Der Mai ist gekommen, die Bäume schlagen aus,
da bleibe, wer Lust hat, mit Sorgen zu Haus!
Wie die Wolken dort wandern am himmlischen Zelt,
so steht auch mir der Sinn in die weite, weite Welt.

Herr Vater, Frau Mutter, dass Gott euch behüt'!
Wer weiß, wo in der Ferne mein Glück mir noch blüht;
es gibt so manche Straße, da nimmer ich marschiert,
es gibt so manchen Wein, den nimmer noch probiert.

Frisch auf drum, frisch auf drum im hellen Sonnenstrahl!
Wohl über die Berge, wohl durch das tiefe Tal!
Die Quellen erklingen, die Bäume rauschen all;
mein Herz ist wie 'ne Lerche und stimmet ein mit Schall.

O Wandern, o Wandern, du freie Burschenlust!
Da weht Gottes Odem so frisch mir in die Brust;
da singet und jauchzet das Herz zum Himmelszelt,
wie bist du doch so schön, o du weite, weite Welt!

Erinnerung
Johann Wolfgang von Goethe

Willst du in die Ferne schweifen?
Sieh, das Gute liegt so nah.
Lerne nur das Glück ergreifen,
denn das Glück ist immer da.

Freisinn
Johann Wolfgang von Goethe

Lasst mich nur auf meinem Sattel gelten!
Bleibt in euren Hütten, euren Zelten!
Und ich reite froh in alle Ferne,
über meiner Mütze nur die Sterne.

Der junge Schiffer
Friedrich Hebbel

Dort bläht ein Schiff die Segel,
frisch saust hinein der Wind;
der Anker wird gelichtet,
das Steuer flugs gerichtet,
nun fliegt's hinaus geschwind.

Ein kühner Wasservogel
kreist grüßend um den Mast,
die Sonne brennt herunter,
manch Fischlein, blank und munter,
umgaukelt keck den Gast.

Wär' gern hineingesprungen,
da draußen ist mein Reich!
Ich bin ja jung von Jahren,
da ist's mir nur ums Fahren,
wohin? Das gilt mir gleich.

Lebensfahrt
Heinrich Heine

Ein Lachen und Singen! Es blitzen und gaukeln
die Sonnenlichter. Die Wellen schaukeln
den lustigen Kahn. Ich saß darin
mit lieben Freunden und leichtem Sinn.

Der Kahn zerbrach in eitel Trümmer,
die Freunde waren schlechte Schwimmer,
sie gingen unter, im Vaterland;
mich warf der Sturm an den Seinestrand.

Ich hab ein neues Schiff bestiegen,
mit neuen Genossen; es wogen und wiegen
die fremden Fluten mich hin und her -
wie fern die Heimat! Mein Herz wie schwer!

Und das ist wieder ein Singen und Lachen -
es pfeift der Wind, die Planken krachen -
am Himmel erlischt der letzte Stern -
wie schwer mein Herz! Die Heimat wie fern!

Ich hatte einst ein schönes Vaterland
Heinrich Heine

Ich hatte einst ein schönes Vaterland.
Der Eichenbaum
wuchs dort so hoch, die Veilchen nickten sanft.
Es war ein Traum.
Das küsste mich auf Deutsch und sprach auf Deutsch
(Man glaubt es kaum,
wie gut es klang) das Wort: "Ich liebe dich!"
Es war ein Traum.

O, Deutschland, meine ferne Liebe

Heinrich Heine

O, Deutschland, meine ferne Liebe,
gedenk ich deiner, wein' ich fast!
Das muntre Frankreich scheint mir trübe,
das leichte Volk wird mir zur Last.

Nur der Verstand, so kalt und trocken,
herrscht in dem witzigen Paris -
o, Narrheitsglöcklein, Glaubensglocken,
wie klingelt ihr daheim so süß!

Höfliche Männer! Doch verdrossen
geb ich den art'gen Gruß zurück.
Die Grobheit, die ich einst genossen
im Vaterland, das war mein Glück!

Lächelnde Weiber! Plappern immer,
wie Mühlenräder stets bewegt!
Da lob ich Deutschlands Frauenzimmer,
das schweigend sich zu Bette legt.

Und alles dreht sich hier im Kreise,
mit Ungestüm, wie'n toller Traum!
Bei uns bleibt alles hübsch im Gleise,
wie angenagelt, rührt sich kaum.

Mir ist, als hört' ich fern erklingen
Nachtwächterhörner, sanft und traut,
Nachtwächterlieder hör ich singen,
dazwischen Nachtigallenlaut.

Dem Dichter war so wohl daheime,
in Schildas teurem Eichenhain!
Dort wob ich meine zarten Reime
aus Veilchenduft und Mondenschein.

Du bist ja heut so grambefangen

Heinrich Heine

Du bist ja heut so grambefangen,
wie ich dich lange nicht geschaut.
Es perlet still von deinen Wangen,
und deine Seufzer werden laut.

Denkst du der Heimat, die so ferne,
so nebelferne dir verschwand?
Gestehe mir's, du wärest gerne
manchmal im teuren Vaterland.

Denkst du der Dame, die so niedlich
mit kleinem Zürnen dich ergötzt?
Oft zürntest du, dann ward sie friedlich,
und immer lachtet ihr zuletzt.

Denkst du der Freunde, die da sanken
an deine Brust in großer Stund'?
Im Herzen stürmten die Gedanken,
jedoch verschwiegen blieb der Mund.

Denkst du der Mutter und der Schwester?
Mit beiden standest du ja gut.
Ich glaube gar, es schmilzt, mein Bester,
in deiner Brust der wilde Mut!

Denkst du der Vögel und der Bäume
des schönen Gartens, wo du oft
geträumt der Liebe junge Träume,
wo du gezagt, wo du gehofft?

Es ist schon spät, die Nacht ist helle,
trübhell gefärbt vom feuchten Schnee.
Ankleiden muss ich mich nun schnelle
und in Gesellschaft gehen. O weh!

Nachtgedanken
Heinrich Heine

Denk ich an Deutschland in der Nacht,
dann bin ich um den Schlaf gebracht,
ich kann nicht mehr die Augen schließen,
und meine heißen Tränen fließen.

Die Jahre kommen und vergehn!
Seit ich die Mutter nicht gesehn,
zwölf Jahre sind schon hingegangen;
es wächst mein Sehnen und Verlangen.

Mein Sehnen und Verlangen wächst.
Die alte Frau hat mich behext,
ich denke immer an die alte,
die alte Frau, die Gott erhalte!

Die alte Frau hat mich so lieb,
und in den Briefen, die sie schrieb,
seh ich, wie ihre Hand gezittert,
wie tief das Mutterherz erschüttert.

Die Mutter liegt mir stets im Sinn.
Zwölf lange Jahre flossen hin,
zwölf lange Jahre sind verflossen,
seit ich sie nicht ans Herz geschlossen.

Deutschland hat ewigen Bestand,
es ist ein kerngesundes Land,
mit seinen Eichen, seinen Linden,
wird ich es immer wiederfinden.

Nach Deutschland lechzt' ich nicht so sehr,
wenn nicht die Mutter dorten wär';
das Vaterland wird nie verderben,
jedoch die alte Frau kann sterben.

Seit ich das Land verlassen hab,
so viele sanken dort ins Grab,
die ich geliebt - wenn ich sie zähle,
so will verbluten meine Seele.

Und zählen muss ich - mit der Zahl
schwillt immer höher meine Qual,
mir ist, als wälzten sich die Leichen
auf meine Brust - Gottlob! Sie weichen!

Gottlob! Durch meine Fenster bricht
französisch heitres Tageslicht;
es kommt mein Weib, schön wie der Morgen,
und lächelt fort die deutschen Sorgen.

Ich steh auf des Berges Spitze
Heinrich Heine

Ich steh auf des Berges Spitze
und werde sentimental.
“Wenn ich ein Vöglein wäre!”
seufz’ ich vieltausendmal.

Wenn ich eine Schwalbe wäre,
so flög’ ich zu dir, mein Kind,
und baute mir ein Nestchen,
wo deine Fenster sind.

Wenn ich eine Nachtigall wäre,
so flög’ ich zu dir, mein Kind,
und sänge dir nachts meine Lieder
herab von der grünen Lind’.

Wenn ich ein Gimpel wäre,
so flög’ ich gleich an dein Herz;
du bist ja hold den Gimpeln,
und heilest Gimpelschmerz.

Siehst du die Stadt?
Hugo von Hofmannsthal

Siehst du die Stadt, wie sie da drüben ruht,
sich flüsternd schmieget in das Kleid der Nacht?
Es gießt der Mond der Silberseide Flut
auf sie herab in zauberischer Pracht.

Der laue Nachtwind weht ihr Atmen her,
so geisterhaft, verlöschend leisen Klang:
Sie weint im Traum, sie atmet tief und schwer,
sie lispelt, rätselvoll, verlockend bang ...

Die dunkle Stadt, sie schläft im Herzen mein
mit Glanz und Glut, mit qualvoll bunter Pracht:
Doch schmeichelnd schwebt um dich ihr Widerschein,
gedämpft zum Flüstern, gleitend durch die Nacht.

Die Heimat
Friedrich Hölderlin

Froh kehrt der Schiffer heim an den stillen Strom,
von Inseln fernher, wenn er geerntet hat;
so käm auch ich zur Heimat, hätt ich
Güter so viele, wie Leid, geerntet.
Ihr teuern Ufer, die mich erzogen einst,
stillt ihr der Liebe Leiden, versprecht ihr mir,
ihr Wälder meiner Jugend, wenn ich
komme, die Ruhe noch einmal wieder?
Am kühlen Bache, wo ich der Wellen Spiel,
am Strome, wo ich gleiten die Schiffe sah,
dort bin ich bald; euch traute Berge,
die mich behüteten einst, der Heimat
verehrte sich're Grenzen, der Mutter Haus
und liebender Geschwister Umarmungen
begrüß ich bald und ihr umschließt mich,
dass, wie in Banden, das Herz mir heile,
ihr Treugeblieb'nen! Aber ich weiß, ich weiß,
der Liebe Leid, dies heilet so bald mir nicht,
dies singt kein Wiegensang, den tröstend
Sterbliche singen, mir aus dem Busen.
Denn sie, die uns das himmlische Feuer leihn,
die Götter schenken heiliges Leid uns auch,
drum bleibe dies. Ein Sohn der Erde
schein' ich; zu lieben gemacht, zu leiden.

Heimat und Fernweh

Das Lied der Deutschen
Hoffmann von Fallersleben

Deutschland, Deutschland über alles,
über alles in der Welt,
wenn es stets zum Schutz und Trutze
brüderlich zusammenhält,
von der Maas bis an die Memel,
von der Etsch bis an den Belt -
Deutschland, Deutschland über alles,
über alles in der Welt!

Deutsche Frauen, deutsche Treue,
deutscher Wein und deutscher Sang
sollen in der Welt behalten
ihren alten schönen Klang,
uns zu edler Tat begeistern
unser ganzes Leben lang -
deutsche Frauen, deutsche Treue,
deutscher Wein und deutscher Sang!

Einigkeit und Recht und Freiheit
für das deutsche Vaterland!
Danach lasst uns alle streben
brüderlich mit Herz und Hand!
Einigkeit und Recht und Freiheit
sind des Glückes Unterpfand -
blüh' im Glanze dieses Glückes,
blühe, deutsches Vaterland.

Heimweh
Eduard Mörike

Anders wird die Welt mit jedem Schritt,
den ich weiter von der Liebsten mache;
mein Herz, das will nicht weiter mit.
Hier scheint die Sonne kalt ins Land,
hier deucht mir alles unbekannt,
sogar die Blumen am Bache!
Hat jede Sache
so fremd eine Miene, so falsch ein Gesicht.
Das Bächlein murmelt wohl und spricht:
Armer Knabe, komm bei mir vorüber,
siehst auch hier Vergissmeinnicht!
- Ja, die sind schön an jedem Ort,
aber nicht wie dort.
Fort, nur fort!
Die Augen gehn mir über!

Lied vom Winde
Eduard Mörike

Sausewind, Brausewind!
Dort und hier!
Deine Heimat sage mir!

“Kindlein, wir fahren
seit viel vielen Jahren
durch die weit weite Welt,
und möchten’s erfragen,
die Antwort erjagen,
bei den Bergen, den Meeren,
bei des Himmels klingenden Heeren,
die wissen es nie.
Bist du klüger als sie,
magst du es sagen.
- Fort, wohlauf!
Halt uns nicht auf!
Kommen andre nach, unsre Brüder,
da frag wieder.”

Halt an! Gemach,
eine kleine Frist!
Sagt, wo der Liebe Heimat ist,
ihr Anfang, ihr Ende?

“Wer’s nennen könnte!
Schelmisches Kind,
lieb ist wie Wind,
rasch und lebendig,
ruhet nie,
ewig ist sie,
aber nicht immer beständig.
- Fort, wohlauf! Auf!
Halt uns nicht auf!
Fort über Stoppel und Wälder und Wiesen!
Wenn ich dein Schätzchen seh,
will ich es grüßen.
Kindlein, ade!”

Heimat und Fernweh

Der Lindenbaum
Wilhelm Müller

Am Brunnen vor dem Tore,
da steht ein Lindenbaum:
Ich träumt' in seinem Schatten
so manchen süßen Traum.

Ich schnitt in seine Rinde
so manches süße Wort;
es zog in Freud' und Leide
zu ihm mich immerfort.

Ich musst' auch heute wandern
vorbei in tiefer Nacht,
da hab ich noch im Dunkel
die Augen zugemacht.

Und seine Zweige rauschten,
als riefen sie mir zu:
Komm her zu mir, Geselle,
hier find'st du deine Ruh!

Die kalten Winde bliesen
mir grad ins Angesicht,
der Hut flog mir vom Kopfe,
ich wendete mich nicht.

Nun bin ich manche Stunde
entfernt von jenem Ort,
und immer hör ich's rauschen:
Du fändest Ruhe dort!

Volksweise
Rainer Maria Rilke

Mich rührt so sehr
böhmischen Volkes Weise,
schleicht sie ins Herz sich leise,
macht sie es schwer.

Wenn ein Kind sacht
singt beim Kartoffeljäten,
klingt dir sein Lied im späten
Traum noch in der Nacht.

Magst du auch sein
weit über Land gefahren,
fällt es dir doch nach Jahren
stets wieder ein.

Die Stadt
Theodor Storm

Am grauen Strand, am grauen Meer
und seitab liegt die Stadt;
der Nebel drückt die Dächer schwer,
und durch die Stille braust das Meer
eintönig um die Stadt.

Es rauscht kein Wald, es schlägt im Mai
kein Vogel ohn' Unterlass;
die Wandergans mit hartem Schrei
nur fliegt in Herbstesnacht vorbei,
am Strande weht das Gras.

Doch hängt mein ganzes Herz an dir,
du graue Stadt am Meer;
der Jugend Zauber für und für
ruht lächelnd doch auf dir, auf dir,
du graue Stadt am Meer.

Ich wandre durch die stille Nacht
Joseph von Eichendorff

Ich wandre durch die stille Nacht,
da schleicht der Mond so heimlich sacht
oft aus der dunklen Wolkenhülle,
und hin und her im Tal
erwacht die Nachtigall,
dann wieder alles grau und stille.

O wunderbarer Nachtgesang:
Von fern im Land der Ströme Gang,
leis' Schauern in den dunklen Bäumen -
wirrst die Gedanken mir,
mein irres Singen hier
ist wie ein Rufen nur aus Träumen.

Der Wandrer
Joseph von Eichendorff

Du sollst mich doch nicht fangen,
duftschwüle Zaubernacht!
Es stehn mit gold'nem Prangen
die Stern' ja auf der Wacht
und machen überm Grunde,
wo du verirret bist,
getreu die alte Runde,
gelobt sei Jesus Christ!

Wie bald in allen Bäumen
geht nun die Morgenluft,
sie schütteln sich in Träumen
und durch den roten Duft
eine fromme Lerche steiget,
wenn alles still noch ist,
den rechten Weg dir zeiget -
gelobt sei Jesus Christ!

Umkehr
Joseph von Eichendorff

Leben kann man nicht von Tönen,
Poesie geht ohne Schuh,
und so wandt' ich denn der Schönen
endlich auch den Rücken zu.

Lange durch die Welt getrieben
hat mich nun die irre Hast,
immer doch bin ich geblieben
nur ein ungeschickter Gast.

Überall zu spät zum Schmause
kam ich, wenn die andern voll,
trank die Neigen vor dem Hause,
wusst' nicht, wem ich's trinken soll.

Musst' mich vor Fortuna bücken
ehrfurchtsvoll bis auf die Zeh'n,
vornehm wandt' sie mir den Rücken,
ließ mich so gebogen stehn.

Und als ich mich aufgerichtet
wieder frisch und frei und stolz,
sah ich Berg' und Tal gelichtet,
blühen jedes dürre Holz.

Welt hat eine plumpe Pfote -
wandern kann man ohne Schuh -
deck mit deinem Morgenrote
wieder nur den Wandrer zu.

Wanderschaft und Reise

Jetzt wandr' ich erst gern!
Joseph von Eichendorff

Jetzt wandr' ich erst gern!
Am Fenster nun lauschen
die Mädchen, es rauschen
die Brunnen von fern.
Aus schimmernden Büschen
ihr Plaudern so lieb
erkenn ich dazwischen,
ich hör mein Lieb!

Ja hüt dich! Bei Nacht
pflegt Amor zu wandern,
ruft leise die andern,
da schreiten erwacht
die Götter zur Halle
ins Freie hinaus,
es bringt sie dir alle
der Dichter ins Haus.

Tu ich einen Spaziergang machen
Theodor Fontane

Tu ich einen Spaziergang machen,
beschäft'gen mich immer allerlei Sachen.
In das Kommende sich versenken,
Tod und Sterben überdenken,
gibt es so was wie Fortschritt auf Erden,
oder werden wir alle russisch werden,
sollen wir was für den Himmel tun,
alle diese Fragen ruhn,
immer nur allerkleinste Sachen
dürfen einen Anspruch machen.
Warum sind Müllers ausgeblieben?
Warum hatte Schulze nicht geschrieben?
Werd ich der Meyer im Park begegnen?
Wird es schön' Wetter oder wird es regnen?
Und im immer weiter'n Schreiten
wechseln so die Neuigkeiten.

Afrikareisender
Theodor Fontane

"... Meine Herren, was soll dieser ganze Zwist,
ob der Kongo gesund oder ungesund ist?
Ich habe drei Jahre, von Krankheit verschont,
am grünen und schwarzen Graben gewohnt,
ich habe das Prachtstück unsrer Gossen,
die Panke, dicht an der Mündung genossen,
und wohne nun schon im fünften Quartal
noch immer lebendig am Kanal.
Hier oder da, nah oder fern,
macht keinen Unterschied, meine Herrn,
und ob sie's lassen oder tun,
ich gehe morgen nach Kamerun."

Berliner Landpartie
Theodor Fontane

Ein Vergnügen eig'ner Art
ist doch eine Wasserfahrt,
und ein Vergnügen (frage nicht wie)
ist eine Berliner Landpartie.
Vorortszug mit einem Bremser,
Droschke, Dampfschiff oder Kremser,
Fahnen, rote, blaue, gelbe,
das Vergnügen ist dasselbe,
welches Bild schon unterweges,
welche Fülle gold'nen Seges,
gold'ner Sand in weitem Kreise,
Bahndamm, Schienen und Geleise,
Pfiff, Geklingel, Klapptrompete,
lange, lange Spargelbeete,
nicht mehr Köpfe, nicht mehr Sprossen,
längst in Samen aufgeschossen,
Staub und Qualm und Hochstrom (?) ah,
ah nun kommt's, nun sind wir da.

Lange Reihen Tische, Tische,
neu gestrichen, welche Frische,
freilich etwas terpentinen,
aber dafür welche Mienen,
alles atmet tiefen Frieden,
und zu stören diesen Frieden
ist dem Platz hier heut beschieden.
Kaffee! Kellner, drei Portionen,
o wie lieblich, hier zu wohnen,
o wie weht die Luft hier freier,
und der Teich da und der Weiher
und das liebe Schwanenhaus,
Enten fahren ein und aus,
still die Kegelkugeln liegen,
dicht sich aneinander schmiegen,
und das Sandfeld, dass sich's verjüngt,
eben wird es stark gedüngt,
und der Luftzug drüber, drüber
trägt die Luft zu uns herüber.

Und nun kommt der Kellner Töffel,
dicke Tassen, Nickel-Löffel,
einige dünn und vorwurfsfrei,
andre noch mit etwas Ei.
Drei Stück Zucker pro Person,
und der Deckel klappert schon.
Mokka, Java sind Nationen,
die weit auf dem Monde wohnen,
Mutter, rechnet, die zu sparen liebt,
ob es was zu retten gibt.
Laura möchte Wasserfahren,
doch mit aufgelösten Haaren,
Hedwig mit den dünnen Ärmen,
Hedwig möchte im Walde schwärmen,
Hugo will den Wald genießen,
Hermann nach der Scheibe schießen,
Mutters Lippe zieht sich schief,
ach, sie kennt den Schlusstarif,
Vater hat ein Herz genommen,
lässt sich einen Cognac kommen,
Vater winkt den Kellner her,
zahlt ihm 15 Pfennig mehr,
ein' Moment, wo Mutter nicht aufgepasst,
hat er glücklich erpasst.
Unter Gähnen, Mückenmorden
ist es endlich sieben geworden,
Mutter macht sich schon bereit,
Mann, ich denk, es ist nu Zeit,
möchte gern noch länger bleiben,
doch man muss nicht übertreiben,
wenn am höchsten der Genuss,
allemal man schließen muss,
darin bin ich großgezogen
und es hat mich nie betrogen.
Alle haben Rückfahrtskarten,
alle müssen deshalb warten,
9 Uhr geht der nächste Zug,
9 Uhr ist auch früh genug,
9 1/2, da landen sie, -
war Berliner Landpartie.

Wanderschaft und Reise

Wenn in Wäldern Baum an Bäumen
Johann Wolfgang von Goethe

Wenn in Wäldern Baum an Bäumen,
Bruder sich mit Bruder nähret,
sei das Wandern, sei das Träumen
unverwehrt und ungestöret;
doch wo einzelne Gesellen
zierlich miteinander streben,
sich zum schönen Ganzen stellen,
das ist Freude, das ist Leben.

Mignon I
Johann Wolfgang von Goethe

Kennst du das Land, wo die Zitronen blühn,
im dunkeln Laub die Goldorangen glühn,
ein sanfter Wind vom blauen Himmel weht,
die Myrte still und hoch der Lorbeer steht,
kennst du es wohl? - Dahin! Dahin
möchte ich mit dir, o mein Geliebter, ziehn.

Kennst du das Haus? Auf Säulen ruht sein Dach,
es glänzt der Saal, es schimmert das Gemach,
und Marmorbilder stehn und sehn mich an:
Was hat man dir, du armes Kind, getan?
Kennst du es wohl? - Dahin! Dahin
möchte ich mit dir, o mein Beschützer, ziehn.

Kennst du den Berg und seinen Wolkensteg?
Das Maultier sucht im Nebel seinen Weg;
in Höhlen wohnt der Drachen alte Brut;
es stürzt der Fels und über ihn die Flut,
kennst du ihn wohl? - Dahin! Dahin
geht unser Weg! O Vater, lass uns ziehn!

Himmel grau und wolkentäglich!
Heinrich Heine

Himmel grau und wolkentäglich!
Auch die Stadt ist noch dieselbe!
Und noch immer blöd und kläglich
spiegelt sie sich in der Elbe.

Lange Nasen, noch langweilig
werden sie wie sonst geschneuzet,
und das duckt sich noch scheinheilig,
oder bläht sich, stolz gespreizet.

Schöner Süden! Wie verehr ich
deinen Himmel, deine Götter,
seit ich diesen Menschenkehrricht
wiederseh, und dieses Wetter!

Es treibt dich fort von Ort zu Ort
Heinrich Heine

Es treibt dich fort von Ort zu Ort,
du weißt nicht mal warum;
im Winde klingt ein sanftes Wort,
schaust dich verwundert um.

Die Liebe, die dahinten blieb,
sie ruft dich sanft zurück:
O komm zurück, ich hab dich lieb,
du bist mein einz'ges Glück.

Doch weiter, weiter, sonder Rast,
du darfst nicht stille stehn.
Was du so sehr geliebet hast,
sollst du nicht wiedersehn.

Verdrossnen Sinn im kalten Herzen hegend
Heinrich Heine

Verdrossnen Sinn im kalten Herzen hegend,
reis' ich verdrießlich durch die kalte Welt,
zu Ende geht der Herbst, ein Nebel hält
feucht eingehüllt die abgestorb'ne Gegend.

Die Winde pfeifen, hin und her bewegend
das rote Laub, das von den Bäumen fällt,
es seufzt der Wald, es dampft das kahle Feld,
nun kommt das Schlimmste noch, es regnet.

Zwei Wandrer
Friedrich Hebbel

Ein Stummer zieht durch die Lande,
Gott hat ihm ein Wort vertraut,
das kann er nicht ergründen,
nur einem darf er's verkünden,
den er noch nie geschaut.

Ein Tauber zieht durch die Lande,
Gott selber hieß ihn gehen,
dem hat er das Ohr verriegelt,
und jenem die Lippen versiegelt,
bis sie einander sehn.

Dann wird der Stumme reden,
der Taube vernimmt das Wort,
er wird sie gleich entziffern,
die dunkeln göttlichen Chiffern,
dann ziehn sie gen Morgen fort.

Dass sich die beiden finden,
ihr Menschen, betet viel.
Wenn, die jetzt einsam wandern,
treffen, einer den andern,
ist alle Welt am Ziel.

Wanderschaft und Reise

Morgen müssen wir verreisen
Hoffmann von Fallersleben

Morgen müssen wir verreisen
und es muss geschieden sein.
Traurig ziehn wir unserer Straßen,
lebe wohl, Herzliebchen, mein!
Kommen wir zu jenem Berge,
schauen wir zurück ins Tal,
schauen uns um nach allen Seiten,
sehen die Stadt zum letzten Mal.
Wenn der Winter ist vorüber
und der Frühling zieht ins Feld,
will ich werden wie ein Vöglein,
fliegen durch die ganze Welt.
Dahin fliegen will ich wieder,
wo's mir lieb und heimisch war,
Schätzlein, muss ich jetzt auch wandern,
kehr ich heim doch übers Jahr.
Übers Jahr zur Zeit der Pfingsten
pflanz ich Maien dir ans Haus,
bringe dir aus weiter Ferne
einen frischen Blumenstrauß.

Reiselied
Hugo von Hofmannsthal

Wasser stürzt, uns zu verschlingen,
rollt der Fels, uns zu erschlagen,
kommen schon auf starken Schwingen
Vögel her, uns fortzutragen.

Aber unten liegt ein Land,
Früchte spiegelnd ohne Ende
in den alterslosen Seen.

Marmorstirn und Brunnenrand
steigt aus blumigem Gelände
und die leichten Winde wehn.

Fußreise
Eduard Mörike

Am frisch geschnitt'nen Wanderstab,
wenn ich in der Frühe
so durch die Wälder ziehe,
Hügel auf und ab:
Dann, wie's Vögelein im Laube
singet und sich rührt,
oder wie die goldne Traube
Wonnegeister spürt
in der ersten Morgensonne:
So fühlt auch mein alter, lieber
Adam Herbst- und Frühlingsfieber,
Gottbeherzte,
nie verscherzte
Erstlings-Paradieseswonne.

Also bist du nicht so schlimm, o alter
Adam, wie die strengen Lehrer sagen;
liebst und lobst du immer noch,
wie an ewig neuen Schöpfungstagen
deinen lieben Schöpfer und Erhalter.

Möchte es dieser geben,
und mein ganzes Leben
wär im leichten Wanderschweiße
eine solche Morgenreise!

Brüderschaft
Wilhelm Müller

Im Krug zum grünen Kranze,
da kehrt' ich durstig ein;
da saß ein Wandrer drinnen
am Tisch beim kühlen Wein.

Ein Glas war eingegossen,
das wurde nimmer leer;
sein Haupt ruht' auf dem Bündel,
als wär's ihm viel zu schwer.

Ich tät mich zu ihm setzen,
ich sah ihm ins Gesicht,
das schien mir gar befreundet,
und dennoch kannt' ich's nicht.

Da sah auch mir ins Auge
der fremde Wandersmann
und füllte meinen Becher
und sah mich wieder an.

Hei, was die Becher klangen,
wie brannte Hand in Hand:
"Es lebe die Liebste deine,
Herzbruder, im Vaterland!"

Willkommen und Abschied

Vergiss mein nicht, du treues Herz
Clemens Brentano

Vergiss mein nicht, du treues Herz,
bleib treu mir in der Ferne,
ohn' dich ist alle Freude Schmerz,
ohn' dich sind dunkel die Sterne.

Ach, aber kaum lernt man sich kennen
Wilhelm Busch

Ach, aber kaum lernt man sich kennen,
so muss man sich schon wieder trennen.

Meist hat, wenn zwei sich scheiden
Wilhelm Busch

Meist hat, wenn zwei sich scheiden,
einer etwas mehr zu leiden.

Lebt wohl
Annette von Droste-Hülshoff

Lebt wohl, es kann nicht anders sein!
Spannt flatternd eure Segel aus,
lasst mich in meinem Schloss allein,
im öden geisterhaften Haus.

Lebt wohl und nehmt mein Herz mit euch
und meinen letzten Sonnenstrahl,
er scheide, scheide nur sogleich,
denn scheiden muss er doch einmal.

Lasst mich an meines Sees Bord
mich schaukelnd mit der Wellen Strich,
allein mit meinem Zauberwort,
dem Alpengeist und meinem Ich.

Verlassen, aber einsam nicht,
erschüttert, aber nicht zerdrückt,
solange noch das heil'ge Licht
auf mich mit Liebesaugen blickt.

Solange mir der frische Wald
aus jedem Blatt Gesänge rauscht,
aus jeder Klippe, jedem Spalt
befreundet mir der Elfe lauscht.
Solange noch der Arm sich frei
und waltend mir zum Äther streckt,
und jedes wilden Geiers Schrei
in mir die wilde Muse weckt.

Abschied
Joseph von Eichendorff

O Täler weit, o Höhen,
o schöner, grüner Wald,
du meiner Lust und Wehen
andächt'ger Aufenthalt!
Da draußen, stets betrogen,
saust die geschäft'ge Welt,
schlag noch einmal die Bogen
um mich, du grünes Zelt!

Wenn es beginnt zu tagen,
die Erde dampft und blinkt,
die Vögel lustig schlagen,
dass dir dein Herz erklingt:
Da mag vergehn, verwehen
das trübe Erdenleid,
da sollst du auferstehen
in junger Herrlichkeit!

Da steht im Wald geschrieben
ein stilles, ernstes Wort
vom rechten Tun und Lieben,
und was des Menschen Hort.
Ich habe treu gelesen
die Worte schlicht und wahr,
und durch mein ganzes Wesen
ward's unaussprechlich klar.

Bald werd ich dich verlassen,
fremd in der Fremde gehen,
auf bunt bewegten Gassen
des Lebens Schauspiel sehn;
und mitten in dem Leben
wird deines Ernsts Gewalt
mich Einsamen erheben,
so wird mein Herz nicht alt.

Mit Koffern, Schachteln, Reisesäcken
Emanuel Geibel

Mit Koffern, Schachteln, Reisesäcken
dein Glück zu suchen ziehst du aus?
Freund, nimm den leichten Wanderstecken,
du bringst es wahrlich eh'r nach Haus.

Du bist fern
Emanuel Geibel

In meinem Garten die Nelken
mit ihrem Purpurstern
müssen nun alle verwelken,
denn du bist fern.

Auf meinem Herde die Flammen,
die ich bewacht so gern,
sanken in Asche zusammen,
denn du bist fern.

Die Welt ist mir verdorben,
mich grüßt nicht Blume, nicht Stern;
mein Herz ist lange gestorben,
denn du bist fern.

Willkommen und Abschied
Johann Wolfgang von Goethe

Es schlug mein Herz geschwind zu Pferde!
Es war getan fast eh' gedacht.
Der Abend wiegte schon die Erde,
und an den Bergen hing die Nacht;
schon stand im Nebelkleid die Eiche,
ein aufgetürmter Riese da,
wo Finsternis aus dem Gesträuche
mit hundert schwarzen Augen sah.

Der Mond von einem Wolkenhügel
sah kläglich aus dem Duft hervor,
die Winde schwangen leise Flügel,
umsausten schauerlich mein Ohr,
die Nacht schuf tausend Ungeheuer,
doch frisch und fröhlich war mein Mut;
in meinen Adern welches Feuer!
In meinem Herzen welche Glut!

Dich sah ich, und die milde Freude
floss von dem süßen Blick auf mich;
ganz war mein Herz an deiner Seite
und jeder Atemzug für dich,
ein rosafarb'nes Frühlingswetter
umgab das liebliche Gesicht,
und Zärtlichkeit für mich - ihr Götter!
Ich hofft' es, ich verdient' es nicht!

Doch ach! Schon mit der Morgensonne
verengt der Abschied mir das Herz:
In deinen Küssen welche Wonne!
In deinen Augen welcher Schmerz!
Ich ging. Du standst und sahst zur Erden,
und sahst mir nach mit nassem Blick -
und doch, welch Glück, geliebt zu werden!
Und lieben, Götter, welch ein Glück.

Wenn zwei voneinander scheiden
Heinrich Heine

Wenn zwei voneinander scheiden,
so geben sie sich die Händ'
und fangen an zu weinen
und seufzen ohne End'.

Wir haben nicht geweinet,
wir seufzten nicht Weh und Ach!
Die Tränen und die Seufzer,
die kamen hintennach.

Durchschweife frei das Weltgebiet
Paul Heyse

Durchschweife frei das Weltgebiet,
willst du die Heimat recht verstehn.
Wer niemals außer sich geriet,
wird niemals gründlich in sich gehn.

Ich wandre fort ins ferne Land
Nikolaus Lenau

Ich wandre fort ins ferne Land;
noch einmal blickt' ich um, bewegt,
und sah, wie sie den Mund geregt
und wie gewinket ihre Hand.

Wohl rief sie noch ein freundlich' Wort
mir nach auf meinem trüben Gang,
doch hört' ich nicht den liebsten Klang,
weil ihn der Wind getragen fort.

Dass ich mein Glück verlassen muss,
du rauer, kalter Windeshauch,
ist's nicht genug, dass du mir auch
entreißest ihren letzten Gruß?

Früh im Wagen
Eduard Mörike

Es graut vom Morgenreif
in Dämmerung das Feld,
da schon ein blasser Streif
den fernen Ost erhellt;
man sieht im Lichte bald
den Morgenstern vergehn,
und doch am Fichtenwald
den vollen Mond noch stehn:
So ist mein scheuer Blick,
den schon die Ferne drängt,
noch in das Schmerzensglück
der Abschiedsnacht versenkt.
Dein blaues Auge steht
ein dunkler See vor mir,
dein Kuss, dein Hauch umweht,
dein Flüstern mich noch hier.
An deinem Hals begräbt
sich weinend mein Gesicht,
und Purpurschwärze webt
mir vor dem Auge dicht.
Die Sonne kommt; - sie scheucht
den Traum hinweg im Nu,
und von den Bergen streicht
ein Schauer auf mich zu.

Lebe wohl
Eduard Mörike

“Lebe wohl” - du fühlest nicht,
was es heißt, dies Wort der Schmerzen;
mit getrostem Angesicht
sagtest du’s und leichtem Herzen.

Lebe wohl! Ach tausendmal
hab ich mir es vorgesprochen,
und in nimmersatter Qual
mir das Herz damit gebrochen!

Abschied
Rainer Maria Rilke

Wie hab ich das gefühlt, was Abschied heißt.
Wie weiß ich’s noch: ein dunkles unverwund’nes
grausames Etwas, das ein Schönverbund’nes
noch einmal zeigt und hinhält und zerreißt.

Wie war ich ohne Wehr, dem zuzuschauen,
das, da es mich, mich rufend, gehen ließ,
zurückblieb, so als wären’s alle Frauen
und dennoch klein und weiß und nichts als dies:

Ein Winken, schon nicht mehr auf mich bezogen,
ein leise Weiterwinkendes -, schon kaum
erklärbar mehr: vielleicht ein Pflaumenbaum,
von dem ein Kuckuck hastig abgeflogen.

Nur eine Locke von deinem Haar
Theodor Storm

Nur eine Locke von deinem Haar
gib mir, mein Lieb, für die kalte Ferne!
Still wie das ew’ge Licht der Sterne
will ich sie bergen immerdar.

Nur eine Locke nach freundlicher Sitte
gib mir zum Pfand in Leid und Lust,
will sie ja bergen auf treuer Brust.
Gib mir, mein Lieb, ich bitte, bitte!

Ich wollt' ein Sträußlein binden
Clemens Brentano

Ich wollt' ein Sträußlein binden,
da kam die dunkle Nacht,
kein Blümlein war zu finden,
sonst hätt' ich dir's gebracht.

Da flossen von den Wangen
mir Tränen in den Klee,
ein Blümlein aufgegangen
ich nun im Garten seh.

Das wollte ich dir brechen
wohl in dem dunklen Klee,
doch fing es an zu sprechen:
"Ach, tue mir nicht weh!

Sei freundlich in dem Herzen,
betracht' dein eigen Leid
und lasse mich in Schmerzen
nicht sterben vor der Zeit."

Und hätt's nicht so gesprochen,
im Garten ganz allein,
so hätt' ich dir's gebrochen,
nun aber darf's nicht sein.

Mein Schatz ist ausgeblieben,
ich bin so ganz allein.
Im Lieben wohnt Betrüben,
und kann nicht anders sein.

Die Liebe lehrt mich lieblich reden
Clemens Brentano

Die Liebe lehrt mich lieblich reden,
da Lieblichkeit mich lieben lehrte.
Arm bin ich nicht in deinen Armen,
umarmst du mich, du süße Armut.
Wie reich bin ich in deinem Reiche,
der Liebe Reichtum reichst du mir.
O Lieblichkeit! O reiche Armut,
umarme mich in Liebesarmen.

Wärst du ein Bächlein, ich ein Bach
Wilhelm Busch

Wärst du ein Bächlein, ich ein Bach,
so eilt' ich dir geschwinde nach.
Und wenn ich dich gefunden hätt'
in deinem Blumenuferbett:
Wie wollt' ich mich in dich ergießen
und ganz mit dir zusammenfließen,
du viel geliebtes Mädchen du!
Dann strömen wir bei Nacht und Tage
vereint in süßem Wellenschlage
dem Meere zu.

Er ist verliebt
Wilhelm Busch

Er ist verliebt, lass ihn gewähren,
bekümmre dich um dein Pläsier
und kommst du gar, ihn zu bekehren,
wirft er dich sicher vor die Tür.

Mit Gründen ist da nichts zu machen.
Was einer mag, ist seine Sach',
denn kurz gesagt: In Herzenssachen
geht jeder seiner Nase nach.

Hass, als Minus
Wilhelm Busch

Hass, als Minus und vergebens,
wird vom Leben abgeschrieben.
Positiv im Buch des Lebens
steht verzeichnet nur das Lieben.
Ob ein Minus oder Plus
uns verblieben, zeigt der Schluss.

Liebe
Wilhelm Busch

Liebe - sagt man schön und richtig -
ist ein Ding, was äußerst wichtig.
Nicht nur zieht man in Betracht,
was man selber damit macht,
nein, man ist in solchen Sachen
auch gespannt, was andre machen.

Ein Irrtum
Wilhelm Busch

Ein Irrtum, welcher sehr verbreitet
und manchen Jüngling irreleitet,
ist der, dass Liebe eine Sache,
die immer viel Vergnügen mache.

Scheu und treu
Wilhelm Busch

Er liebte sie in aller Stille,
bescheiden, schüchtern und von fern
schielt er nach ihr durch seine Brille
und hat sie doch so schrecklich gern.

Ein Mücklein, welches an der Nase
des schönen Kindes saugend saß,
ertränkte sich in seinem Glase.
Es schmeckte ihm fast wie Ananas.

Sie hatte Haare wie 'ne Puppe,
so unvergleichlich blond und kraus.
Einst fand er eines in der Suppe
und zog es hoch beglückt heraus.

Er rollte es auf zu einem Löckchen,
hat's in ein Medaillon gelegt.
Nun hängt es unter seinem Röckchen,
da, wo sein treues Herze schlägt.

Liebe und Freundschaft

Das Glück ist die Liebe
Adalbert von Chamisso

Das Glück ist die Liebe,
die Lieb' ist das Glück.
Ich hab es gesagt
und nehm's nicht zurück.

Liebe ist kein Solo
Adalbert von Chamisso

Liebe ist kein Solo,
Liebe ist ein Duett.
Schwindet sie bei einem,
verstummt das Lied.

Die Liebe hemmet nichts
Matthias Claudius

Die Liebe hemmet nichts;
sie kennt nicht Tor noch Riegel
und dringt durch alles sich;
sie ist ohn' Anbeginn, schlug ewig ihre Flügel
und schlägt sie ewiglich.

Wie geht's nur an
Marie von Ebner-Eschenbach

Wie geht's nur an,
dass man so lieb es haben kann,
was liegt darin? Erzähle!
Es liegt darin ein wenig Klang,
ein wenig Wohllaut und Gesang
und eine ganze Seele.

Dein Bildnis wunderselig
Joseph von Eichendorff

Dein Bildnis wunderselig
hab ich in Herzensgrund,
das sieht so frisch und fröhlich
mich an zu jeder Stund.

Mein Herz still in sich singet
ein altes, schönes Lied,
das in die Luft sich schwinget
und zu dir eilig zieht.

Wenn eines Menschen Seele du gewonnen
Felix Dahn

Wenn eines Menschen Seele du gewonnen
und in sein Herz hast tief hineingeschaut
und ihn befunden eines klaren Bronnen,
in dessen Flut der reine Himmel blau:
Lass deine Zuversicht durch nichts dir rauben
und trage lieber der Enttäuschung Schmerz,
als dass du grundlos ihm entziehest den Glauben! -
Kein größer Glück als ein vertrauend' Herz.

An die Entfernte
Joseph von Eichendorff

Denk ich, du Stille, an dein ruhig Walten,
an jenes letzten Abends rote Kühle,
wo ich die teure Hand noch durfte halten:
Steh ich oft sinnend stille im Gewühle,
und, wie den Schweizer heim'sche Alphornslieder
auf fremden Bergen, fern den Freunden allen,
oft unverhofft befallen,
kommt tiefe Sehnsucht plötzlich auf mich nieder.

Ich hab es oft in deiner Brust gelesen;
nie hast du recht mich in mir selbst gefunden,
fremd blieb, zu keck und treibend dir mein Wesen,
und so bin ich im Strome dir verschwunden.
O nenn drum nicht die schöne Jugendwilde,
die mit dem Leben und mit seinen Schmerzen
mag unbekümmert scherzen,
weil sich die Brust reich fühlt und ernst und milde!

Getrennt ist längst schon unsres Lebens Reise,
es trieb mein Herz durch licht' und dunkle Stunden.
Dem festern Blick erweitern sich die Kreise,
in Duft ist jenes erste Reich verschwunden -
doch, wie die Pfade einsam sich verwildern,
was ich seitdem, von Lust und Leid bezwungen,
geliebt, geirrt, gesungen:
Ich knie vor dir in all den tausend Bildern.

Und alles ohne Liebe
Theodor Fontane

Die Mutter spricht: "Lieb Else mein,
wozu dies Grämen und Härmen?
Man lebt sich ineinander ein,
auch ohne viel zu schwärmen;
wie manche nahm schon ihren Mann,
dass sie nicht sitzen bliebe,
und dünkte sich im Himmel dann
und - alles ohne Liebe."

Jung-Else hört's. Sie schloss das Band,
das ew'ge, am Altare,
und lächelnd nahm des Gatten Hand
den Kranz aus ihrem Haare;
ihr ward's, als ob ein glühend Rot
sich auf die Stirn ihr schriebe,
sie gab ihr Alles, nach Gebot,
und - alles ohne Liebe.

Der Mann ist schlecht: Er liebt das Spiel
und guten Trunk nicht minder,
sein Weib zu Hause weint zu viel,
und ewig schrein die Kinder;
spät kommt er heim, er kost, er schlägt,
nachgiebig jedem Triebe;
sie trägt's, wie nur die Liebe trägt,
und - alles ohne Liebe.

Sie wünscht sich oft, es wär' vorbei,
wenn nicht die Kinder wären,
so aber sucht sie stets aufs Neu'
zum Guten es zu kehren;
sie schmeichelt ihm, und ob er dann
auch kalt beiseit' sie schiebe,
sie nennt ihn "ihren liebsten Mann"
und - alles ohne Liebe.

Die Liebe lebt
Theodor Fontane

Die Liebe lebt von
liebenswürdigen Kleinigkeiten
und wer sich eines Frauenherzens
dauernd versichern will,
der muss immer neu darum werben,
der muss die Reihe der Aufmerksamkeiten
allstündlich wie einen Rosenkranz abbeten.
Und ist er fertig damit,
so muss er von neuem anfangen.

Liebe, die von Herzen liebt
Emanuel Geibel

Liebe, die von Herzen liebt,
ist am reichsten, wenn sie gibt.
Liebe, die von Opfern spricht,
ist die rechte Liebe nicht.

Die Liebe gleicht dem April
Emanuel Geibel

Die Liebe gleicht dem April:
bald Frost, bald fröhliche Strahlen,
bald Blüten in Herzen und Talen,
bald stürmisch und bald still,
bald heimliches Ringen und Dehnen,
bald Wolken, Regen und Tränen;
im ewigen Schwanken und Sehnen,
wer weiß, was werden will!

Erster Verlust
Johann Wolfgang von Goethe

Ach, wer bringt die schönen Tage,
jene Tage der ersten Liebe,
ach, wer bringt nur eine Stunde
jener holden Zeit zurück!
Einsam nähr ich meine Wunde,
und mit stets erneuter Klage
traur' ich ums verlorne Glück.
Ach, wer bringt die schönen Tage,
jene holde Zeit zurück!

Neue Liebe, neues Leben
Johann Wolfgang von Goethe

Herz, mein Herz, was soll das geben?
Was bedränget dich so sehr?
Welch ein fremdes, neues Leben!
Ich erkenne dich nicht mehr.
Weg ist alles, was du liebtest,
weg, warum du dich betrübtest,
weg dein Fleiß und deine Ruh -
ach, wie kamst du nur dazu?

Fesselt dich die Jugendblüte,
diese liebliche Gestalt,
dieser Blick voll Treu und Güte,
mit unendlicher Gewalt?
Will ich rasch mich ihr entziehen,
mich ermannen, ihr entfliehen,
führet mich im Augenblick,
ach, mein Weg zu ihr zurück.

Und an diesem Zauberfädchen,
das sich nicht zerreißen lässt,
hält das liebe, lose Mädchen
mich so wider Willen fest;
muss in ihrem Zauberkreise
leben nun auf ihre Weise.
Die Veränd'rung, ach, wie groß!
Liebe! Liebe! Lass mich los!

Wenn dir's im Kopf und Herzen schwirrt
Johann Wolfgang von Goethe

Wenn dir's im Kopf und Herzen schwirrt,
was willst du Bessres haben!
Wer nicht mehr liebt und nicht mehr irrt,
der lasse sich begraben.

Mignon II
Johann Wolfgang von Goethe

Nur, wer die Sehnsucht kennt,
weiß, was ich leide!
Allein und abgetrennt von aller Freude,
seh ich ans Firmament nach jener Seite.
Ach! Der mich liebt und kennt,
ist in der Weite.
Es schwindelt mir, es brennt
mein Eingeweide.
Nur, wer die Sehnsucht kennt,
weiß, was ich leide!

Freudvoll und leidvoll
Johann Wolfgang von Goethe

Freudvoll und leidvoll,
gedankenvoll sein;
langen und bangen
in schwebender Pein;
himmelhoch jauchzend,
zum Tode betrübt, glücklich allein
ist die Seele, die liebt.

Rastlose Liebe
Johann Wolfgang von Goethe

Dem Schnee, dem Regen, dem Wind entgegen,
im Dampfe der Klüfte, durch Nebeldüfte,
immer zu! Immer zu! Ohne Rast und Ruh!

Lieber durch Leiden möchte ich mich schlagen,
als so viel Freuden des Lebens ertragen.
Alle das Neigen von Herzen zu Herzen,
ach, wie so eigen schaffet das Schmerzen!

Wie soll ich fliehen? Wälderwärts ziehen?
Alles vergebens! Krone des Lebens,
Glück ohne Ruh', Liebe, bist du!

Die Jahre nahmen dir
Johann Wolfgang von Goethe

“Die Jahre nahmen dir, du sagst, so vieles:
Die eigentliche Lust des Sinnenspieles,
Erinnerung des allerliebsten Tandes
von gestern, weit und breiten Landes
durchschweifen frommt nicht mehr; selbst nicht von oben
der Ehren anerkannte Zier, das Loben,
erfreulich sonst. Aus eignem Tun Behagen
quillt nicht mehr auf, dir fehlt ein dreistes Wagen!
Nun wüsst’ ich nicht, was dir Besondres bliebe?”
Mir bleibt genug! Es bleibt Idee und Liebe!

Suleika
Johann Wolfgang von Goethe

Nimmer will ich dich verlieren!
Liebe gibt der Liebe Kraft.
Magst du meine Jugend zieren
mit gewaltg’er Leidenschaft.
Ach! Wie schmeichelt’s meinem Triebe,
wenn man meinen Dichter preist:
Denn das Leben ist die Liebe,
und des Lebens Leben Geist.

Liebe schwärmt auf allen Wegen
Johann Wolfgang von Goethe

Liebe schwärmt auf allen Wegen;
Treue wohnt für sich allein.
Liebe kommt euch rasch entgegen;
aufgesucht will Treue sein.

Ich und du
Friedrich Hebbel

Wir träumten voneinander
und sind davon erwacht,
wir leben, um uns zu lieben,
und sinken zurück in die Nacht.

Du tratst aus meinem Traume,
aus deinem trat ich hervor,
wir sterben, wenn sich eines
im andern ganz verlor.

Auf einer Lilie zittern
zwei Tropfen, rein und rund,
zerfließen in eins und rollen
hinab in des Kelches Grund.

Liebeszauber
Friedrich Hebbel

Schwül wird diese Nacht. Am Himmelsbogen
ziehn die Wolken dichter sich zusammen,
breit beglänzt von Wetterleuchtens Flammen
und von roten Blitzen scharf durchzogen.

Alles Leben ist in sich verschlossen,
kaum nur, dass ich mühsam Atem hole;
selbst im Beete dort die Nachtviole
hat den süßen Duft noch nicht ergossen.

Jedes Auge wär' schon zugefallen,
doch die Herzen sind voll Angst und zittern
vor den zwei sich kreuzenden Gewittern,
deren Donnergrüße bald erschallen.

Jene Alte schleppt sich zur Kapelle,
doch sie wird den Heil'gen nicht erblicken,
eh' die Wolken ihre Blitze schicken.
Betend kauert sie sich auf der Schwelle.

Ist das nicht des Liebchens taube Muhme?
Ja! So will ich hier nicht länger weilen,
will zu ihr, zu ihrem Fenster eilen,
und dort lauschen, statt am Heiligtume.

Weiß ich's denn? Kann nicht ein Blitz da zünden?
Kann ich, wenn ich aus der Glut sie rette,
nicht - o dass er schon gezündet hätte! -
ihr mein süß' Geheimnis endlich künden?

Sieh, da bin ich schon! Beim Lampenlichte
sitzt sie, in die weiße Hand das Köpfchen
stützend, mit noch aufgeflochtnen Zöpfchen,
stillen Schmerz im blassen Angesichte.

Horch, der erste Donnerschlag! Es krachen
Tür und Tor! Sie scheint es nicht zu hören!
Wessen denkt sie? Wüsst' ich's, würd' ich schwören:
Heut noch will ich den Garaus ihm machen.

Sie erhebt sich. Willst du dich entkleiden?
Gute Nacht! Warum? Zur rechten Stunde
löscht sie selbst das Licht, und gibt dir Kunde:
Mehr ist nicht erlaubt! Dann magst du scheiden!

Was? Sie knüpft ein Tuch um ihre Locken?
Hüllt sich in der Muhme alten Mantel?
Ist sie - oder stach mich die Tarantel?
Wird sie - die Besinnung will mir stocken!

Ja, schon knarrt die Tür. Da kommt sie. Nimmer
würd' ich selbst sie, so vermummt, erkennen,
hätt' ich nicht - Die Lampe lässt man brennen,
dass es scheint, man sei im frommen Zimmer.

Rasch an mir vorbei! Sie ist, wie alle!
Folg' ich ihr? Ja freilich! Um zu schauen,
ob man ihr mit braunen oder blauen
Augen - schwarze hab ich selbst - gefalle.

Waldhorn-Klänge aus dem Jägerhäuschen!
Beim Gewitter? Oh, das ist ein Zeichen!
So ist das der Jüngling sondergleichen?
Wohl! Doch nächstens pflücken wir ein Sträußchen.

Und weshalb? Hat sie dir was versprochen?
Nein! Und dennoch muss ich sie verklagen,
dass sie, ja, so darf, so darf ich sagen,
einen stillen Bund mit mir gebrochen.

Weiter! Weiter? So vergib, Geliebte!
Doch wohin? Hier zieht der Wald sich düster,
und dort wohnt die Alte an der Rüster,
die in mancher dunklen Kunst Geübte.

Gilt es der? Halt ein! Dein Herz muss klopfen!
Rastlos donnert's ja, zur Feuergarbe
schwillt der Blitz, blutrot wird seine Farbe,
und noch immer fällt kein milder Tropfen.

Fort! Und fort! Und unter falschen Bäumen,
die der Blitz - Ihr näher! Dass sie keiner
treffen kann, der mich verschont, nicht einer!
Schritt auf Schritt ihr nach! Wer würde säumen!

Ist sie nun am Ziel? Da ist die Hütte!
Ja, sie pocht. Man öffnet ihr. Ich spähe
durch den Ritz. Wer weiß, was ihr geschähe,
wenn ich nicht - Ein Kreis! Sie in der Mitte!

Wie sie da steht, fast zum Schnee erbleichend,
und die Alte, in der Ecke kauernd,
dreht ein Bild aus Wachs. Sie sieht es schaudernd.
Jetzt spricht die zu ihr, das Bild ihr reichend:

Zieh dir nun die Nadel aus den Haaren,
rufe den Geliebten, laut und deutlich,
und durchstich dies Bild, dann wirst du bräutlich
ihn umfangen und ihn dir bewahren.

Schweigt, ihr Donner! Prassle noch nicht, Regen,
dass ich noch den einen Laut vernehme,
ob er auch des Herzens Schlag mir lähme
und der Pulse feuriges Bewegen!

Wie sie zögert! Wie sie mit Erröten
in die Locken greift und eine Nadel
auszieht auf der Alten stummen Tadel
und noch säumt. Als gälte es, zu töten!

Endlich zückt sie die, und - meine Sinne
reißen! - ruft - hinein! Zu ihren Füßen -
ruft mich selbst mit Worten, stammelnd-süßen,
als den einen, den sie heimlich minne! -

Und dem Zagen kommt der Mut, behände
weicht die Tür. Wer durfte sich erfrechen,
ruft die Alte, und den Zauber brechen? -
Ohne Furcht! Hier kommt nur, der ihn ende!

Sie entweicht mit holden Schamgebärden;
da umschließt er sie, und Glut und Sehnen
löst bei beiden sich in linden Tränen,
die der Mensch nur einmal weint auf Erden.

Und so stehn sie, wechseln keine Küsse,
still gesättigt und in sich versunken,
schon berauscht, bevor sie noch getrunken,
in der Ahnung dämmernder Genüsse.

Und auch draußen löst sich jetzt die Schwüle,
die zerriss'nen Wolken, regenschwanger,
schütten ihn herab auf Hain und Anger,
und hinein zur Hütte dringt die Kühle.

Als nun auch der Regen ausgewütet,
wallen sie, die Alte gern verlassend,
kinderfromm sich an den Händen fassend,
wieder heim, von Engeln still behütet.

Als sie aber scheiden will, da ziehen
glühend heiß die Nachtviolendüfte
an ihm hin im sanften Spiel der Lüfte,
und nun küsst er sie noch im Entfliehen.

Liebesprobe
Friedrich Hebbel

Lass den Jüngling, der dich liebt,
eine Lilie pflücken,
eh' dein Herz sich ihm ergibt,
um ihn zu beglücken.

Wird kein Tropfen von dem Tau
dann durch ihn vergossen,
der sie tränkte auf der Au,
sei der Bund geschlossen.

Wer so zart die Blume bricht,
dass sie nicht entwallen,
sorgt auch, dass die Tränen nicht
deinem Aug' entfallen.

Dass du mich liebst
Heinrich Heine

Dass du mich liebst, das wusst' ich,
ich hatt' es längst entdeckt;
doch als du mir's gestanden,
hat es mich tief erschreckt.

Ich stieg wohl auf die Berge
und jubelte und sang;
ich ging ans Meer und weinte
beim Sonnenuntergang.

Mein Herz ist wie die Sonne
so flammend anzusehn,
und in ein Meer von Liebe
versinkt es groß und schön.

Mit deinen blauen Augen
Heinrich Heine

Mit deinen blauen Augen
siehst du mich lieblich an,
da wird mir so träumend zu Sinne,
dass ich nicht sprechen kann.

An deine blauen Augen
gedenk ich allerwärts; -
ein Meer von blauen Gedanken
ergießt sich über mein Herz.

Du bist wie eine Blume
Heinrich Heine

Du bist wie eine Blume,
so hold und schön und rein;
ich schau dich an, und Wehmut
schleicht mir ins Herz hinein.

Mit ist, als ob ich die Hände
aufs Haupt dir legen sollt',
betend, dass Gott dich erhalte
so rein und schön und hold.

Der Brief, den du geschrieben
Heinrich Heine

Der Brief, den du geschrieben,
er macht mich gar nicht bang;
du willst mich nicht mehr lieben,
aber dein Brief ist lang.
Zwölf Seiten, eng und zierlich!
Ein kleines Manuskript!
Man schreibt nicht so ausführlich,
wenn man den Abschied gibt.

Du hast Diamanten und Perlen
Heinrich Heine

Du hast Diamanten und Perlen,
hast alles, was Menschenbegehr,
und hast die schönsten Augen -
mein Liebchen, was willst du mehr?

Auf deine schönen Augen
hab ich ein ganzes Heer
von ewigen Liedern gedichtet -
mein Liebchen, was willst du mehr?

Mit deinen schönen Augen
hast du mich gequält so sehr,
und hast mich zugrunde gerichtet -
mein Liebchen, was willst du mehr?

Ich stand in dunklen Träumen
Heinrich Heine

Ich stand in dunklen Träumen
und starrte ihr Bildnis an,
und das geliebte Antlitz
heimlich zu leben begann.

Um ihre Lippen zog sich
ein Lächeln wunderbar,
und wie von Wehmutstränen
erglänzte ihr Augenpaar.

Auch meine Tränen flossen
mir von den Wangen herab -
und ach, ich kann es nicht glauben,
dass ich dich verloren hab!

Lass ab!
Heinrich Heine

Der Tag ist in die Nacht verliebt,
der Frühling in den Winter,
das Leben verliebt in den Tod -
und du, du liebest mich!

Du liebst mich - schon erfassen dich
die grauenhaften Schatten,
all deine Blüte welkt,
und deine Seele verblutet.

Lass ab von mir, und liebe nur
die heiteren Schmetterlinge,
die da gaukeln im Sonnenlicht -
lass ab von mir und dem Unglück.

Aus meinen Tränen sprießen
Heinrich Heine

Aus meinen Tränen sprießen
viel' blühende Blumen hervor,
und meine Seufzer werden
ein Nachtigallenchor.
Und wenn du mich lieb hast, Kindchen,
schenk ich dir die Blumen all,
und vor deinem Fenster soll klingen
das Lied der Nachtigall.

Annchen von Tharau
Johann Gottfried von Herder

Annchen von Tharau ist, die mir gefällt;
sie ist mein Leben, mein Gut und mein Geld.
Annchen von Tharau hat wieder ihr Herz
auf mich gerichtet in Lieb' und Schmerz.
Annchen von Tharau, mein Reichtum, mein Gut,
du meine Seele, mein Fleisch und mein Blut!
Käm' alles Wetter gleich auf uns zu schlahn,
wir sind gesinnet beieinander zu stahn.
Krankheit, Verfolgung, Betrübnis und Pein
soll unsrer Liebe Verknotigung sein.
Recht als ein Palmenbaum über sich steigt,
je mehr ihn Hagel und Regen anficht;
so wird die Lieb' in uns mächtig und groß
durch Kreuz, durch Leiden, durch allerlei Not.
Würdest du gleich einmal von mir getrennt,
lebtest, da wo man die Sonne kaum kennt;
ich will dir folgen durch Wälder, durch Meer,
durch Eis, durch Eisen, durch feindliches Heer.
Annchen von Tharau, mein Licht, meine Sonn',
mein Leben schließ' ich um deines herum.
Was ich gebiete, wird von dir getan,
was ich verbiete, das lässt du mir stahn.
Was hat die Liebe doch für ein' Bestand,
wo nicht ein Herz ist, ein Mund, eine Hand?
Wo man sich peiniget, zanket und schlägt,
und gleich den Hunden und Katzen beträgt?
Annchen von Tharau, das woll'n wir nicht tun;
du bist mein Täubchen, mein Schäfchen, mein Huhn.
Was ich begehre, ist lieb dir und gut;
ich lass den Rock dir, du lässt mir den Hut!
Dies ist uns, Annchen, die süßeste Ruh,
ein Leib und Seele wird aus Ich und Du.
Dies macht das Leben zum himmlischen Reich,
durch Zanken wird es der Hölle gleich.

Nur liebend ist dein Herz ein Herz
Hoffmann von Fallersleben

Nur liebend ist dein Herz ein Herz.
Was ist die Welt, wenn sie mit dir
durch Liebe nicht verbunden?
Was ist die Welt, wenn du in ihr
nicht Liebe hast gefunden?

Verklage nicht in deinem Schmerz
des Herzens schönste Triebe!
Nur liebend ist dein Herz ein Herz,
was ist es ohne Liebe?

Wenn du die Liebe nicht gewannst,
wie kannst du es ermessen,
ob du ein Glück gewinnen kannst,
ob du ein Glück besessen?

O glücklich, wer ein Herz gefunden
Hoffmann von Fallersleben

O glücklich, wer ein Herz gefunden,
das nur in Liebe denkt und sinnt
und mit der Liebe treu verbunden
sein schönres Leben erst beginnt!

Wo liebend sich zwei Herzen einen,
nur eins zu sein in Freud und Leid,
da muss des Himmels Sonne scheinen
und heiter lächeln jede Zeit.

Die Liebe, nur die Lieb' ist Leben:
Kannst du dein Herz der Liebe weihn,
so hat dir Gott genug gegeben,
Heil dir! Die ganze Welt ist dein!

Die Beiden
Hugo von Hofmannsthal

Sie trug den Becher in der Hand
- ihr Kinn und Mund glich seinem Rand -,
so leicht und sicher war ihr Gang,
kein Tropfen aus dem Becher sprang.

So leicht und fest war seine Hand:
Er ritt auf einem jungen Pferde,
und mit nachlässiger Gebärde
erzwang er, dass es zitternd stand.

Jedoch, wenn er aus ihrer Hand
den leichten Becher nehmen sollte,
so war es beiden allzu schwer:
Denn beide bebten sie so sehr,
dass keine Hand die andre fand
und dunkler Wein am Boden rollte.

Die Liebste sprach
Hugo von Hofmannsthal

Die Liebste sprach: "Ich halt dich nicht,
du hast mir nichts geschwor'n.
Die Menschen soll man halten nicht,
sind nicht zur Treu gebor'n.

Zieh deine Straßen hin, mein Freund,
beschau dir Land um Land,
in vielen Betten ruh dich aus,
viel Frauen nimm bei der Hand.

Wo dir der Wein zu sauer ist,
da trink du Malvasier,
und wenn mein Mund dir süßer ist,
so komm nur wieder zu mir!"

Hörtest du denn nicht hinein
Hugo von Hofmannsthal

Hörtest du denn nicht hinein,
dass Musik das Haus umschlich?
Nacht war schwer und ohne Schein,
doch der sanft auf hartem Stein
lag und spielte, das war ich.

Was ich konnte, sprach ich aus:
“Liebste du, mein Alles du!”
Östlich brach ein Licht heraus,
schwerer Tag trieb mich nach Haus.
Und mein Mund ist wieder zu.

Dein Antlitz ...
Hugo von Hofmannsthal

Dein Antlitz war mit Träumen ganz beladen.
Ich schwieg und sah dich an mit stummem Beben.
Wie stieg das auf! Dass ich mich einmal schon
in frühern Nächten völlig hingegeben.

Dem Mond und dem zu viel geliebten Tal,
wo auf den leeren Hängen auseinander
die magern Bäume standen und dazwischen
die niedern kleinen Nebelwolken gingen.

Und durch die Stille hin die immer frischen
und immer fremden silberweißen Wasser
der Fluss hinrauschen ließ - wie stieg das auf!

Wie stieg das auf! Denn allen diesen Dingen
und ihrer Schönheit - die unfruchtbar war -
hingab ich mich in großer Sehnsucht ganz,
wie jetzt für das Anschaun von deinem Haar
und zwischen deinen Lidern diesen Glanz!

War der Himmel trüb und schwer
Hugo von Hofmannsthal

War der Himmel trüb und schwer,
waren einsam wir so sehr,
voneinander abgeschnitten!
Aber das ist nun nicht mehr:
Lüfte fließen hin und her;
und die ganze Welt inmitten
glänzt, als ob sie gläsern wär.
Sterne kamen aufgegangen,
flimmern mein’ und deinen Wangen,
und sie wissen auch:
Stark und stärker wird ihr Prangen;
und wir atmen mit Verlangen,
liegen selig wie gefangen,
spüren eins des andern Hauch.

Die Liebenden
Friedrich Hölderlin

Trennen wollten wir uns, wähnten es gut und klug;
da wir's taten, warum schröckt uns, wie Mord, die Tat?
Ach, wir kennen uns wenig,
denn es waltet ein Gott in uns.

Sehnsucht
Eduard Mörike

In dieser Winterfrühe, wie ist mir doch zumut!
O Morgenrot, ich glühe von deinem Jugendblut.

Es glüht der alte Felsen, und Wald und Burg zumal,
berauschte Nebel wälzen sich jäh hinab das Tal.

Mit tatenfroher Eile erhebt sich Geist und Sinn,
und flügelt goldne Pfeile durch alle Ferne hin.

Auf Zinnen möchte ich springen, in alter Fürsten Schloss,
möchte hohe Lieder singen, mich schwingen auf das Ross!

Und stolzen Siegeswagen stürzt' ich mich brausend nach,
die Harfe wird zerschlagen, die nur von Liebe sprach.

Wie? Schwärmst du so vermessen, Herz, hast du nicht bedacht,
hast du mit eins vergessen, was dich so trunken macht?

Ach, wohl! Was aus mir singet, ist nur der Liebe Glück!
Die wirren Töne schlinget sie sanft in sich zurück.

Was hilft, was hilft mein Sehnen? Geliebte, wärst du hier!
In tausend Freudetränen verging' die Erde mir.

Warum, Geliebte, denk ich dein
Eduard Mörike

Warum, Geliebte, denk ich dein
auf einmal nun mit tausend Tränen,
und kann gar nicht zufrieden sein,
und will die Brust in alle Weite dehnen?

Ach, gestern in den hellen Kindersaal,
beim Flimmer zierlich aufgesteckter Kerzen,
wo ich mein selbst vergaß in Lärm und Scherzen,
tratest du, o Bildnis mitleid-schöner Qual;
es war dein Geist, er setzte sich ans Mahl,
fremd saßen wir mit stumm verhalt'nen Schmerzen;
zuletzt brach ich in lautes Schluchzen aus,
und Hand in Hand verließen wir das Haus.

Die Liebe, sagt man, steht am Pfahl gebunden
Eduard Mörike

Die Liebe, sagt man, steht am Pfahl gebunden,
geht endlich arm, zerrüttet, unbeschuht;
dies edle Haupt hat nicht mehr, wo es ruht,
mit Tränen netzet sie der Füße Wunden.

Ach, Peregrinen hab ich so gefunden!
Schön war ihr Wahnsinn, ihrer Wange Glut,
noch scherzend in der Frühlingsstürme Wut,
und wilde Kränze in das Haar gebunden.

War's möglich, solche Schönheit zu verlassen?
- so kehrt nur reizender das alte Glück!
O komm, in diese Arme dich zu fassen!

Doch weh! O weh! Was soll mir dieser Blick?
Sie küsst mich zwischen Lieben noch und Hassen,
sie kehrt sich ab, und kehrt mir nie zurück.

Erstes Liebeslied eines Mädchens
Eduard Mörike

Was im Netze? Schau einmal!
Aber ich bin bange;
greif ich einen süßen Aal?
Greif ich eine Schlange?

Lieb' ist blinde Fischerin:
sagt dem Kinde, wo greift's hin?

Schon schnellt mir's in Händen!
Ach Jammer! O Lust!
Mit Schmiegen und Wenden,
mir schlüpft's an die Brust.

Es beißt sich, o Wunder!
Mir keck durch die Haut,
schießt 's Herze hinunter!
O Liebe, mir graut!

Was tun, was beginnen?
Das schaurige Ding,
es schnalzet da drinnen,
es legt sich im Ring.

Gift muss ich haben!
Hier schleicht es herum,
tut wonniglich graben
und bringt mich noch um!

Nimmersatte Liebe
Eduard Mörike

So ist die Lieb'! So ist die Lieb'!
Mit Küssen nicht zu stillen:
Wer ist der Tor und will ein Sieb
mit eitel Wasser füllen?
Und schöpfst du an die tausend Jahr',
und küssest ewig, ewig gar,
du tust ihr nie zu Willen.

Die Lieb', die Lieb' hat alle Stund'
neu' wunderlich' Gelüsten;
wir bissen uns die Lippen wund,
da wir uns heute küssten.
Das Mädchen hielt in guter Ruh,
wie's Lämmlein unterm Messer;
ihr Auge bat: nur immer zu,
je weher, desto besser!

So ist die Lieb', und war auch so,
wie lang es Liebe gibt,
und anders war Herr Salomo,
der Weise, nicht verliebt.

Zwei Liebchen
Eduard Mörike

Ein Schifflein auf der Donau schwamm,
drin saßen Braut und Bräutigam,
er hüben und sie drüben.
Sie sprach: Herzliebster, sage mir,
zum Angebind', was geb ich dir?
Sie streift zurück ihr Ärmelein,
sie greift ins Wasser frisch hinein.
Der Knabe, der tät gleich also,
und scherzt mit ihr und lacht so froh.
Ach, schöne Frau Done, geb sie mir
für meinen Schatz eine hübsche Zier!
Sie zog heraus ein schönes Schwert,
der Knab' hätt' lang so eins begehrt.
Der Knab', was hält er in der Hand?
Milchweiß ein köstlich Perlenband.
Er legt's ihr um ihr schwarzes Haar,
sie sah wie eine Fürstin gar.
Ach, schöne Frau Done, geb sie mir
für meinen Schatz eine hübsche Zier!
Sie langt hinein zum andernmal,
fasst einen Helm von lichtem Stahl.
Der Knab' vor Freud entsetzt sich schier,
fischt ihr einen goldnen Kamm dafür.
Zum dritten sie ins Wasser griff:
Ach weh! Da fällt sie aus dem Schiff.
Er springt ihr nach, er fasst sie keck,
Frau Done reißt sie beide weg.
Frau Done hat ihr Schmuck gereut,
das büßt der Jüngling und die Maid.
Das Schifflein leer hinunterwallt;
die Sonne sinkt hinter die Berge bald.
Und als der Mond am Himmel stand,
die Liebchen schwimmen tot ans Land,
er hüben und sie drüben.

An die Geliebte
Eduard Mörike

Wenn ich, von deinem Anschaun tief gestillt,
mich stumm an deinem heil'gen Wert vergnüge,
dann hör ich recht die leisen Atemzüge
des Engels, welcher sich in dir verhüllt.

Und ein erstaunt', ein fragend' Lächeln quillt
auf meinen Mund, ob mich kein Traum betrüge,
dass nun in dir, zu ewiger Genüge,
mein kühnster Wunsch, mein einz'ger, sich erfüllt?

Von Tiefe dann zu Tiefen stürzt mein Sinn,
ich höre aus der Gottheit nächt'ger Ferne
die Quellen des Geschicks melodisch rauschen.

Betäubt kehr ich den Blick nach oben hin,
zum Himmel auf, da lächeln alle Sterne;
ich knie, ihrem Lichtgesang zu lauschen.

Die Liebende
Rainer Maria Rilke

Ja, ich sehne mich nach dir. Ich gleite
mich verlierend selbst mir aus der Hand,
ohne Hoffnung, dass ich das bestreite,
was zu mir kommt wie aus deiner Seite
ernst und unbeirrt und unverwandt.

... jene Zeiten: O wie war ich Eines,
nichts, was rief und nichts, was mich verriet;
meine Stille war wie eines Steines,
über den der Bach sein Murmeln zieht.

Aber jetzt, in diesen Frühlingswochen,
hat mich etwas langsam abgebrochen
von dem unbewussten dunkeln Jahr.
Etwas hat mein armes warmes Leben
irgendeinem in die Hand gegeben,
der nicht weiß, was ich noch gestern war.

Lieben
Rainer Maria Rilke

Schon starb der Tag. Der Wald war zauberhaft,
und unter Farren bluteten Zyklamen,
die hohen Tannen glühten, Schaft bei Schaft,
es war ein Wind, - und schwere Düfte kamen.
Du warst von unserm weiten Weg erschlafft,
ich sagte leise deinen süßen Namen:
Da bohrte sich mit wonnewilder Kraft
aus deines Herzens weißem Liliensamen
die Feuerlilie der Leidenschaft.

Rot war der Abend - und dein Mund so rot,
wie meine Lippen sehnsuchtheiß ihn fanden,
und jene Flamme, die uns jäh durchloht,
sie leckte an den neidischen Gewanden ...
Der Wald war stille und der Tag war tot.
Uns aber war der Heiland auferstanden,
und mit dem Tage starben Neid und Not.
Der Mond kam groß an unsern Hügeln landen,
und leise stieg das Glück aus weißem Boot.

Die Braut
Rainer Maria Rilke

Ruf mich, Geliebter, ruf mich laut!
Lass deine Braut nicht so lange am Fenster stehn.
In den alten Platanenalleen
wacht der Abend nicht mehr:
sie sind leer.

Und kommst du mich nicht in das nächtliche Haus
mit deiner Stimme verschließen,
so muss ich mich aus meinen Händen hinaus
in die Gärten des Dunkelblaus ergießen ...

Die Stille
Rainer Maria Rilke

Hörst du, Geliebte, ich hebe die Hände -
hörst du: es rauscht ...
Welche Gebärde der Einsamen fände
sich nicht von vielen Dingen belauscht?
Hörst du, Geliebte, ich schließe die Lider,
und auch das ist Geräusch bis zu dir.
Hörst du, Geliebte, ich hebe sie wieder ...
... aber warum bist du nicht hier?

Der Abdruck meiner kleinsten Bewegung
bleibt in der seidenen Stille sichtbar;
unvernichtbar drückt die geringste Erregung
in den gespannten Vorhang der Ferne sich ein.
Auf meinen Atemzügen heben und senken
die Sterne sich.

Zu meinen Lippen kommen die Düfte zur Tränke,
und ich erkenne die Handgelenke entfernter Engel.
Nur die ich denke: Dich sehe ich nicht.

Griechisches Liebesgespräch
Rainer Maria Rilke

Was ich schon früh als Geliebter erlernte,
seh ich dich zürnend, Geliebte, erlernen;
damals war es dir das Entfernte,
jetzt steht in allen Sternen dein Los.

Um deine Brüste werden wir streiten:
Seit sie wie glühend beschienen reifen,
wollen auch deine Hände nach ihnen
greifen und sich Freude bereiten.

Liebes-Lied
Rainer Maria Rilke

Wie soll ich meine Seele halten, dass
sie nicht an deine rührt? Wie soll ich sie
hinheben über dich zu andern Dingen?
Ach, gerne möchte ich sie bei irgendwas
Verlorenem im Dunkel unterbringen
an einer fremden stillen Stelle, die
nicht weiterschwingt, wenn deine Tiefen schwingen.

Doch alles, was uns anrührt, dich und mich,
nimmt uns zusammen wie ein Bogenstrich,
der aus zwei Saiten eine Stimme zieht.
Auf welches Instrument sind wir gespannt?
Und welcher Geiger hat uns in der Hand?
O süßes Lied.

Weißt du
Friedrich Rückert

Weißt du, wo es keinen Herren
und keinen Diener gibt?
Wo eins dem andern dient,
wo eins den andern liebt.

Du hattest kein Glück
Friedrich Rückert

Du hattest kein Glück
und ich hatte keins;
wir nahmen einander,
nun haben wir eins.
Wo haben wir es
denn hergenommen?
Es ist vom Himmel
auf uns gekommen.

Des Mädchens Klage
Friedrich von Schiller

Der Eichwald brauset, die Wolken ziehn,
das Mägdlein sitzet an Ufers Grün,
es bricht sich die Welle mit Macht, mit Macht,
und sie seufzt hinaus in die finstre Nacht,
das Auge vom Weinen getrübet.

“Das Herz ist gestorben, die Welt ist leer,
und weiter gibt sie dem Wunsche nichts mehr.
Du Heilige, rufe dein Kind zurück,
ich habe genossen das irdische Glück,
ich habe gelebt und geliebet!”

Es rinnet der Tränen vergeblicher Lauf,
die Klage, sie wecket die Toten nicht auf;
doch nenne, was tröstet und heilet die Brust
nach der süßen Liebe verschwundene Lust?
Ich, die Himmlische, will’s nicht versagen.

“Lass rinnen der Tränen vergeblichen Lauf,
es wecke die Klage den Toten nicht auf!
Das süßeste Glück für die trauernde Brust,
nach der schönen Liebe verschwundener Lust,
sind der Liebe Schmerzen und Klagen.”

Das Geheimnis
Friedrich von Schiller

Sie konnte mir kein Wörtchen sagen,
zu viele Lauscher waren wach,
den Blick nur durft' ich schüchtern fragen,
und wohl verstand ich, was er sprach.
Leis' komm ich her in deine Stille,
du schön belaubtes Buchenzelt,
verbirg in deiner grünen Hülle
die Liebenden dem Aug' der Welt!

Von ferne mit verwornem Sausen
arbeitet der geschäft'ge Tag,
und durch der Stimmen hohles Brausen
erkenn ich schwerer Hämmer Schlag.
So sauer ringt die kargen Lose
der Mensch dem harten Himmel ab,
doch leicht erworben, aus dem Schoße
der Götter fällt das Glück herab.

Dass ja die Menschen nie es hören,
wie treue Lieb' uns still beglückt!
Sie können nur die Freude stören,
weil Freude nie sie selbst entzückt.
Die Welt wird nie das Glück erlauben,
als Beute wird es nur gehascht,
entwenden musst du's oder rauben,
eh dich die Missgunst überrascht.

Leis' auf den Zehen kommt's geschlichen,
die Stille liebt es und die Nacht,
mit schnellen Füßen ist's entwichen,
wo des Verräters Auge wacht.
0 schlinge dich, du sanfte Quelle,
ein breiter Strom um uns herum,
und drohend mit empörter Welle
verteidige dies Heiligtum!

Die Bürgschaft
Friedrich von Schiller

Zu Dionys, dem Tyrannen, schlich
Möros, den Dolch im Gewande;
ihn schlugen die Häscher in Bande.
“Was wolltest du mit dem Dolche, sprich!”,
entgegnet ihm finster der Wüterich.
“Die Stadt vom Tyrannen befreien!”
“Das sollst du am Kreuze bereuen.”

“Ich bin”, spricht jener, “zu sterben bereit
und bitte nicht um mein Leben,
doch willst du Gnade mir geben,
ich flehe dich um drei Tage Zeit,
bis ich die Schwester dem Gatten gefreit,
ich lasse den Freund dir als Bürgen,
ihn magst du, entrinn ich, erwürgen.”

Da lächelt der König mit arger List
und spricht nach kurzem Bedenken:
“Drei Tage will ich dir schenken.
Doch wisse! Wenn sie verstrichen, die Frist,
eh du zurück mir gegeben bist,
so muss er statt deiner erblassen,
doch dir ist die Strafe erlassen.”

Und er kommt zum Freunde: “Der König gebeut,
dass ich am Kreuz mit dem Leben
bezahle das frevelnde Streben,
doch will er mir gönnen drei Tage Zeit,
bis ich die Schwester dem Gatten gefreit.
So bleib du dem König zum Pfande,
bis ich komme, zu lösen die Bande.”

Und schweigend umarmt ihn der treue Freund
und liefert sich aus dem Tyrannen,
der andere ziehet von dannen.
Und ehe das dritte Morgenrot scheint,
hat er schnell mit dem Gatten die Schwester vereint,
eilt heim mit sorgender Seele,
damit er die Frist nicht verfehle.

Da gießt unendlicher Regen herab,
von den Bergen stürzen die Quellen,
und die Bäche, die Ströme schwellen.
Und er kommt ans Ufer mit wanderndem Stab,
da reißet die Brücke der Strudel hinab,
und donnernd sprengen die Wogen
des Gewölbes krachenden Bogen.

Und trostlos irrt er an Ufers Rand,
wie weit er auch spähet und blicket
und die Stimme, die rufende, schicket,
da stößet kein Nachen vom sichern Strand,
der ihn setze an das gewünschte Land,
kein Schiffer lenket die Fähre,
und der wilde Strom wird zum Meere.

Da sinkt er ans Ufer und weint und fleht,
die Hände zum Zeus erhoben:
"O hemme des Stromes Toben!
Es eilen die Stunden, im Mittag steht
die Sonne, und wenn sie niedergeht
und ich kann die Stadt nicht erreichen,
so muss der Freund mir erbleichen."

Doch wachsend erneut sich des Stromes Wut,
und Welle auf Welle zerrinnet,
und Stunde an Stunde entrinnet.
Da treibt ihn die Angst, da fasst er sich Mut
und wirft sich hinein in die brausende Flut
und teilt mit gewaltigen Armen
den Strom, und ein Gott hat Erbarmen.

Und gewinnt das Ufer und eilet fort
und danket dem rettenden Gotte,
da stürzet die raubende Rotte
hervor aus des Waldes nächtlichem Ort,
den Pfad ihm sperrend, und schnaubet Mord
und hemmet des Wanderers Eile
mit drohend geschwungener Keule.

“Was wollt ihr?”, ruft er, für Schrecken bleich,
“Ich habe nichts als mein Leben,
das muss ich dem Könige geben!”
Und entreißt die Keule dem nächsten gleich:
“Um des Freundes willen erbarmet euch!”
Und drei mit gewaltigen Streichen
erlegt er, die andern entweichen.

Und die Sonne versendet glühenden Brand,
und von der unendlichen Mühe
ermattet sinken die Knie:
“O hast du mich gnädig aus Räubershand,
aus dem Strom mich gerettet ans heilige Land,
und soll hier verschmachtend verderben,
und der Freund mir, der liebende, sterben!”

Und horch! Da sprudelt es silberhell,
ganz nahe, wie rieselndes Rauschen,
und stille hält er, zu lauschen,
und sieh, aus dem Felsen, geschwätzig, schnell,
springt murmelnd hervor ein lebendiger Quell,
und freudig bückt er sich nieder
und erfrischet die brennenden Glieder.

Und die Sonne blickt durch der Zweige Grün
und malt auf den glänzenden Matten
der Bäume gigantische Schatten;
und zwei Wanderer sieht er die Straße ziehn,
will eilenden Laufes vorüberfliehn,
da hört er die Worte sie sagen:
"Jetzt wird er ans Kreuz geschlagen."

Und die Angst beflügelt den eilenden Fuß,
ihn jagen der Sorge Qualen,
da schimmern in Abendrots Strahlen
von ferne die Zinnen von Syrakus,
und entgegen kommt ihm Philostratus,
des Hauses redlicher Hüter,
der erkennet entsetzt den Gebieter:

"Zurück! Du rettest den Freund nicht mehr,
so rette das eigene Leben!
Den Tod erleidet er eben.
Von Stunde zu Stunde gewartet' er
mit hoffender Seele der Wiederkehr,
ihm konnte den mutigen Glauben
der Hohn des Tyrannen nicht rauben."

"Und ist es zu spät, und kann ich ihm nicht
ein Retter willkommen erscheinen,
so soll mich der Tod ihm vereinen.
Des rühme der blut'ge Tyrann sich nicht,
dass der Freund dem Freunde gebrochen die Pflicht,
er schlachte der Opfer zweie
und glaube an Liebe und Treue."

Und die Sonne geht unter, da steht er am Tor
und sieht das Kreuz schon erhöhet,
das die Menge gaffend umstehet,
an dem Seile schon zieht man den Freund empor,
da zertrennt er gewaltig den dichten Chor:
"Mich, Henker!", ruft er, "erwürget!
Da bin ich, für den er gebürget!"

Und Erstaunen ergreifet das Volk umher,
in den Armen liegen sich beide
und weinen für Schmerzen und Freude.
Da sieht man kein Auge tränenleer,
und zum Könige bringt man die Wundermär,
der fühlt ein menschliches Rühren,
lässt schnell vor den Thron sie führen.

Und blicket sie lange verwundert an.
Drauf spricht er: "Es ist euch gelungen,
ihr habt das Herz mir bezwungen,
und die Treue, sie ist doch kein leerer Wahn,
so nehmet auch mich zum Genossen an,
ich sei, gewährt mir die Bitte,
in eurem Bunde der Dritte."

Selig durch die Liebe
Friedrich von Schiller

Selig durch die Liebe
Götter - durch die Liebe
Menschen Göttern gleich!
Liebe macht den Himmel
himmlischer - die Erde
zu dem Himmelreich.

Wer je gelebt in Liebesarmen
Theodor Storm

Wer je gelebt in Liebesarmen,
der kann im Leben nie verarmen;
und müsst' er sterben fern, allein,
er fühlte noch die sel'ge Stunde,
wo er gelebt an ihrem Munde,
und noch im Tode ist sie sein.

Der gute Kamerad
Ludwig Uhland

Ich hatt' einen Kameraden,
einen bessern findst du nit.
Die Trommel schlug zum Streite,
er ging an meiner Seite
in gleichem Schritt und Tritt.

Eine Kugel kam geflogen,
gilt's mir oder gilt es dir?
Ihn hat es weggerissen,
er liegt mir vor den Füßen,
als wär's ein Stück von mir.

Will mir die Hand noch reichen,
derweil ich eben lad'.
Kann dir die Hand nicht geben,
bleib du im ew'gen Leben
mein guter Kamerad.

Ich hab das Lämplein angesteckt
Clemens Brentano

Ich hab das Lämplein angesteckt
zum langen Angedenken,
und wenn mich kühle Erde deckt,
mag Kind und Enkel denken:
Der Vater ruht im Tale aus,
und kömmt nicht mehr ins stille Haus.

Lischst du o Herr mein stilles Licht,
das tief herab schon brennet,
und wird vor deinem Angesicht
ich nur ganz rein erkennet,
so geht mit Freude angetan
erst recht mein schönstes Leuchten an.

Selbstkritik
Wilhelm Busch

Die Selbstkritik hat viel für sich.
Gesetzt den Fall, ich tadle mich;
so hab' ich erstens den Gewinn,
dass ich so hübsch bescheiden bin;
zum zweiten denken sich die Leut,
der Mann ist lauter Redlichkeit;
auch schnapp' ich drittens diesen Bissen
vorweg den andern Kritiküssen;
und viertens hoff' ich außerdem
auf Widerspruch, der mir genehm.
So kommt es denn zuletzt heraus,
dass ich ein ganz famoses Haus.

Früher, da ich unerfahren
Wilhelm Busch

Früher, da ich unerfahren
und bescheid'ner war als heute,
hatten meine höchste Achtung
andre Leute.
Später traf ich auf der Weide
außer mir noch meh're Kälber
und nun schätz ich, sozusagen,
erst mich selber.

Halt dein Rösslein nur im Zügel
Wilhelm Busch

Halt dein Rösslein nur im Zügel,
kommst ja doch nicht allzu weit.
Hinter jedem neuen Hügel
dehnt sich die Unendlichkeit.
Nenne niemand dumm und säumig,
der das Nächste recht bedenkt.
Ach, die Welt ist so geräumig -
und der Kopf ist so beschränkt.

Ach, ich fühl es!
Wilhelm Busch

Ach, ich fühl es! Keine Tugend
ist so recht nach meinem Sinn;
stets befind ich mich am wohlsten,
wenn ich damit fertig bin.
Dahingegen so ein Laster,
ja, das macht mir viel Pläsir
und ich hab die hübschen Sachen
lieber vor als hinter mir.

Wonach du sehnlichst ausgeschaut
Wilhelm Busch

Wonach du sehnlichst ausgeschaut,
es wurde dir beschieden.
Du triumphierst und jubelst laut:
Jetzt hab ich endlich Frieden!
Ach, Freundchen, rede nicht so wild,
bezähme deine Zunge!
Ein jeder Wunsch, wenn er erfüllt,
kriegt augenblicklich Junge.

So und nicht anders
Theodor Fontane

Die Menschen kümmerten mich nicht viel,
eigen war mein Weg und Ziel.
Ich mied den Markt, ich mied den Schwarm,
andre sind reich, ich bin arm.
Andre regierten (regieren noch),
ich stand unten und ging durchs Joch.
Entsagen und lächeln bei Demütigungen,
das ist die Kunst, die mir gelungen.
Und doch, wär's in die Wahl mir gegeben,
ich führte noch einmal dasselbe Leben.
Und sollt' ich noch einmal die Tage beginnen,
ich würde denselben Faden spinnen.

Um keinen Preis
Emanuel Geibel

Um keinen Preis gestehe du
der Mittelmäßigkeit was zu!
Hast du dich erst mit ihr vertragen,
so wird dir's bald bei ihr behagen,
bis du zuletzt, du weißt nicht wie,
geworden bist so flach wie sie.

Volk und Knecht und Überwinder
Johann Wolfgang von Goethe

Volk und Knecht und Überwinder,
sie gestehn zu jeder Zeit:
Höchstes Glück der Erdenkinder
sei nur die Persönlichkeit.
Jedes Leben sei zu führen,
wenn man sich nicht selbst vermisst;
alles könne man verlieren,
wenn man bliebe, was man ist.

Wenn du dich selber machst zum Knecht
Johann Wolfgang von Goethe

Wenn du dich selber machst zum Knecht,
bedauert dich niemand, geht's dir schlecht;
machst du dich aber selbst zum Herrn,
die Leute sehn es auch nicht gern;
und bleibst du endlich, wie du bist,
so sagen sie, dass nichts an dir ist.

Beherzigung
Johann Wolfgang von Goethe

Ach, was soll der Mensch verlangen?
Ist es besser, ruhig bleiben?
Klammernd fest sich anzuhangen?
Ist es besser, sich zu treiben?

Soll er sich ein Häuschen bauen?
Soll er unter Zelten leben?
Soll er auf die Felsen trauen?
Selbst die festen Felsen beben.

Eines schickt sich nicht für alle!
Sehe jeder, wie er's treibe,
sehe jeder, wo er bleibe,
und wer steht, dass er nicht falle!

Mut
Johann Wolfgang von Goethe

Sorglos über die Fläche weg,
wo vom kühnsten Wager die Bahn
dir nicht vorgegraben du siehst,
mache dir selber Bahn!

Stille, Liebchen, mein Herz!
Kracht's gleich, bricht's doch nicht!
Bricht's gleich, bricht's nicht mit dir!

Erinnerung
Johann Wolfgang von Goethe

Willst du immer weiter schweifen?
Sieh, das Gute liegt so nah.
Lerne nur das Glück ergreifen,
denn das Glück ist immer da.

Das Göttliche
Johann Wolfgang von Goethe

Edel sei der Mensch,
hilfreich und gut!
Denn das allein
unterscheidet ihn
von allen Wesen,
die wir kennen.

Heil den unbekannten
höhern Wesen,
die wir ahnen!
Ihnen gleiche der Mensch;
sein Beispiel lehr uns
jene glauben.

Denn unfühlend
ist die Natur:
Es leuchtet die Sonne
über Bös' und Gute,
und dem Verbrecher
glänzen, wie dem Besten,
der Mond und die Sterne.

Wind und Ströme,
Donner und Hagel
rauschen ihren Weg
und ergreifen
vorübereilend
einen um den andern.

Auch so das Glück
tappt unter die Menge,
fasst bald des Knaben
lockige Unschuld,
bald auch den kahlen
schuldigen Scheitel.

Nach ewigen, eh'rnen,
großen Gesetzen
müssen wir alle
unseres Daseins
Kreise vollenden.

Nur allein der Mensch
vermag das Unmögliche;
er unterscheidet,
wählet und richtet;
er kann dem Augenblick
Dauer verleihen.

Er allein darf
den Guten lohnen,
den Bösen strafen,
heilen und retten,
alles Irrende, Schweifende
nützlich verbinden.

Und wir verehren
die Unsterblichen,
als wären sie Menschen,
täten im Großen,
was der Beste im Kleinen
tut oder möchte.

Der edle Mensch
sei hilfreich und gut!
Unermüdet schaff' er
das Nützliche, Rechte,
sei uns ein Vorbild
jener geahneten Wesen!

Besinnliches und Launiges

Wie ich so ehrlich war

Johann Wolfgang von Goethe

Wie ich so ehrlich war,
hab ich gefehlt
und habe jahrelang
mich durchgequält;
ich galt und galt auch nicht;
was sollt' es heißen?
Nun wollt' ich Schelm sein,
tät' mich befleißen;
das wollt' mir gar nicht ein,
musst' mich zerreißen.
Da dacht' ich: Ehrlich sein
ist doch das Beste,
war es nur kümmerlich,
so steht es feste.

Ein andres

Johann Wolfgang von Goethe

Geh! Gehorche meinen Winken,
nutze deine jungen Tage,
lerne zeitig klüger sein.
Auf des Glückes großer Waage
steht die Zunge selten ein;
du musst steigen oder sinken,
du musst herrschen und gewinnen,
oder dienen und verlieren,
leiden oder triumphieren,
Amboss oder Hammer sein.

Zum Sehen geboren

Johann Wolfgang von Goethe

Zum Sehen geboren,
zum Schauen bestellt,
dem Turme geschworen,
gefällt mir die Welt.
Ich blick' in die Ferne,
ich seh' in der Näh'
den Mond und die Sterne,
den Wald und das Reh.
So seh' ich in allen
die ewige Zier,
und wie mir's gefallen,
gefall' ich auch mir.
Ihr glücklichen Augen,
was je ihr gesehn,
es sei wie es wolle,
es war doch so schön!

Grenzen der Menschheit
Johann Wolfgang von Goethe

Wenn der uralte,
Heilige Vater
mit gelassener Hand
aus rollenden Wolken
segnende Blitze
über die Erde sät,
küss ich den letzten
Saum seines Kleides,
kindliche Schauer
treu in der Brust.

Denn mit Göttern
soll sich nicht messen
irgendein Mensch.
Hebt er sich aufwärts
und berührt
mit dem Scheitel die Sterne,
nirgends haften dann
die unsichern Sohlen,
und mit ihm spielen
Wolken und Winde.

Steht er mit festen,
markigen Knochen
auf der wohlgegründeten
dauernden Erde,
reicht er nicht auf,
nur mit der Eiche
oder der Rebe
sich zu vergleichen.

Was unterscheidet
Götter von Menschen?
Dass viele Wellen
vor jenen wandeln,
ein ewiger Strom:
Uns hebt die Welle,
verschlingt die Welle,
und wir versinken.

Ein kleiner Ring
begrenzt unser Leben,
und viele Geschlechter
reihen sich dauernd
an ihres Daseins
unendliche Kette.

Besinnliches und Launiges

Harfenspieler
Johann Wolfgang von Goethe

Wer nie sein Brot mit Tränen aß,
wer nie die kummervollen Nächte
auf seinem Bette weinend saß,
der kennt euch nicht, ihr himmlischen Mächte.

Ihr führt ins Leben uns hinein,
ihr lasst den Armen schuldig werden,
dann überlasst ihr ihn der Pein;
denn alle Schuld rächt sich auf Erden.

Weltlauf
Heinrich Heine

Hat man viel, so wird man bald
noch viel mehr dazubekommen.
Wer nur wenig hat, dem wird
auch das Wenige genommen.

Wenn du aber gar nichts hast,
ach, so lasse dich begraben -
denn ein Recht zum Leben, Lump,
haben nur die etwas haben.

Einst sah ich viele Blumen blühen
Heinrich Heine

Einst sah ich viele Blumen blühen
an meinem Weg; jedoch zu faul,
mich pflückend niederzubemühen,
ritt ich vorbei auf stolzem Gaul.

Jetzt, wo ich todessiech und elend,
jetzt, wo geschaufelt schon die Gruft,
oft im Gedächtnis höhnend, quälend,
spukt der verschmähten Blumen Duft.

Besonders eine feuergelbe
Viole brennt mir stets im Hirn.
Wie reut es mich, dass ich dieselbe
nicht einst genoss, die tolle Dirn.

Mein Trost ist: Lethes Wasser haben
noch jetzt verloren nicht die Macht,
das dumme Menschenherz zu laben
mit des Vergessens süßer Nacht.

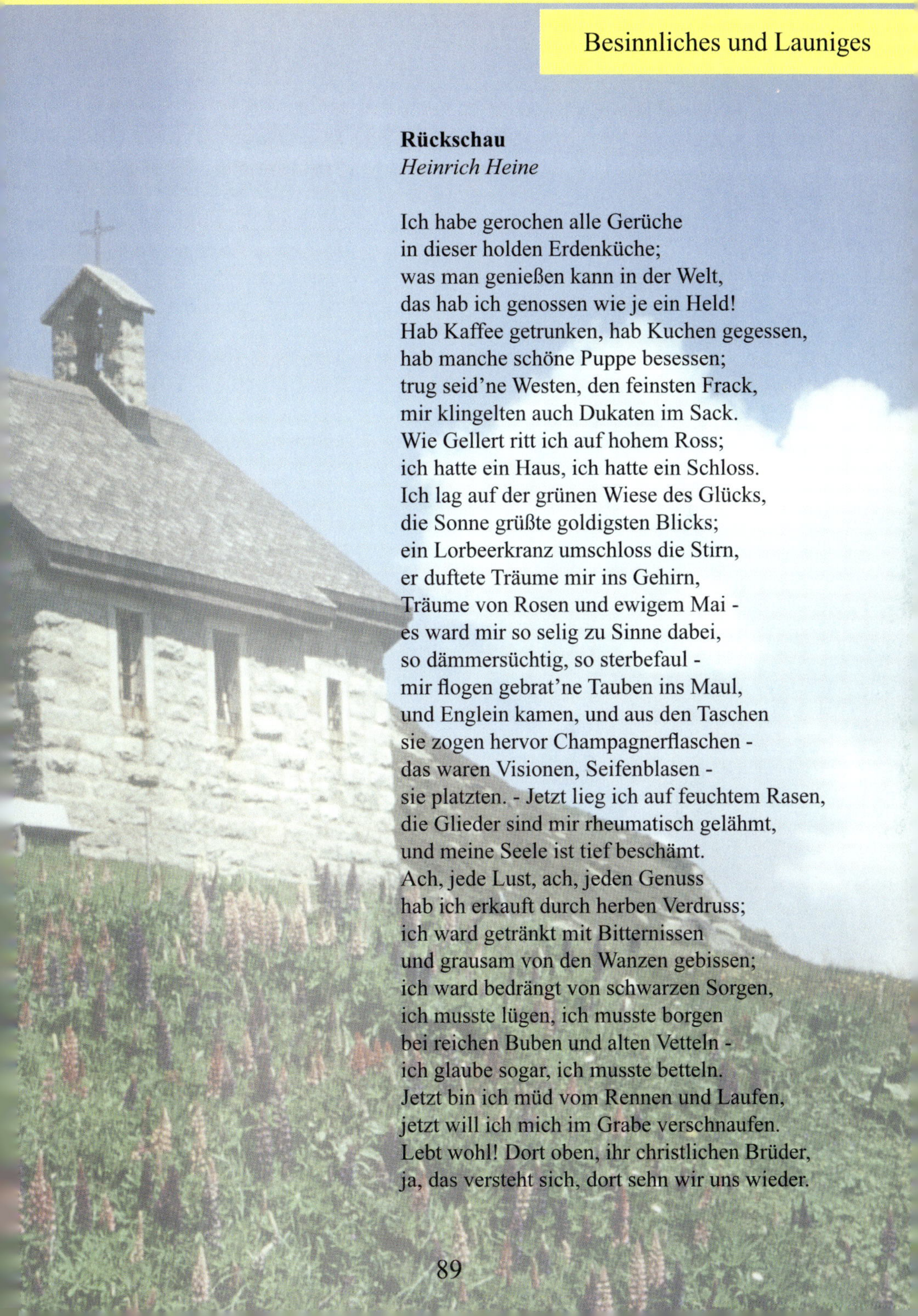

Rückschau
Heinrich Heine

Ich habe gerochen alle Gerüche
in dieser holden Erdenküche;
was man genießen kann in der Welt,
das hab ich genossen wie je ein Held!
Hab Kaffee getrunken, hab Kuchen gegessen,
hab manche schöne Puppe besessen;
trug seid'ne Westen, den feinsten Frack,
mir klingelten auch Dukaten im Sack.
Wie Gellert ritt ich auf hohem Ross;
ich hatte ein Haus, ich hatte ein Schloss.
Ich lag auf der grünen Wiese des Glücks,
die Sonne grüßte goldigsten Blicks;
ein Lorbeerkranz umschloss die Stirn,
er duftete Träume mir ins Gehirn,
Träume von Rosen und ewigem Mai -
es ward mir so selig zu Sinne dabei,
so dämmersüchtig, so sterbefaul -
mir flogen gebrat'ne Tauben ins Maul,
und Englein kamen, und aus den Taschen
sie zogen hervor Champagnerflaschen -
das waren Visionen, Seifenblasen -
sie platzten. - Jetzt lieg ich auf feuchtem Rasen,
die Glieder sind mir rheumatisch gelähmt,
und meine Seele ist tief beschämt.
Ach, jede Lust, ach, jeden Genuss
hab ich erkauft durch herben Verdruss;
ich ward getränkt mit Bitternissen
und grausam von den Wanzen gebissen;
ich ward bedrängt von schwarzen Sorgen,
ich musste lügen, ich musste borgen
bei reichen Buben und alten Vetteln -
ich glaube sogar, ich musste betteln.
Jetzt bin ich müd vom Rennen und Laufen,
jetzt will ich mich im Grabe verschnaufen.
Lebt wohl! Dort oben, ihr christlichen Brüder,
ja, das versteht sich, dort sehn wir uns wieder.

Kluge Sterne
Heinrich Heine

Die Blumen erreicht der Fuß so leicht,
auch werden zertreten die meisten;
man geht vorbei und tritt entzwei
die blöden wie die dreisten.

Die Perlen ruh'n in Meerestruh'n,
doch weiß man sie aufzuspüren;
man bohrt ein Loch und spannt sie ins Joch,
ins Joch von seidenen Schnüren.

Die Sterne sind klug, sie halten mit Fug
von unserer Erde sich ferne;
am Himmelszelt, als Lichter der Welt,
stehn ewig sicher die Sterne.

Das Wort
Hugo von Hofmannsthal

Ich weiß ein Wort
und hör es fort:
Beschertes Glück
nimm nie zurück!

Hör, was ich sag:
Denk jeden Tag:
Beschertes Glück
nimm nie zurück!

Und ist die Zeit
dir einmal weit:
Beschertes Glück
nimm nie zurück!

Was ist die Welt?
Hugo von Hofmannsthal

Was ist die Welt? Ein ewiges Gedicht,
daraus der Geist der Gottheit strahlt und glüht,
daraus der Wein der Weisheit schäumt und sprüht,
daraus der Laut der Liebe zu uns spricht.

Und jedes Menschen wechselndes Gemüt,
ein Strahl ist's, der aus dieser Sonne bricht,
ein Vers, der sich an tausend andre flicht,
der unbemerkt verhallt, verlischt, verblüht.

Und doch auch eine Welt für sich allein,
voll süß-geheimer, nie vernommner Töne,
begabt mit eigner, unentweihter Schöne,
und keines Andern Nachhall, Widerschein.
Und wenn du gar zu lesen drin verstündest,
ein Buch, das du im Leben nicht ergründest.

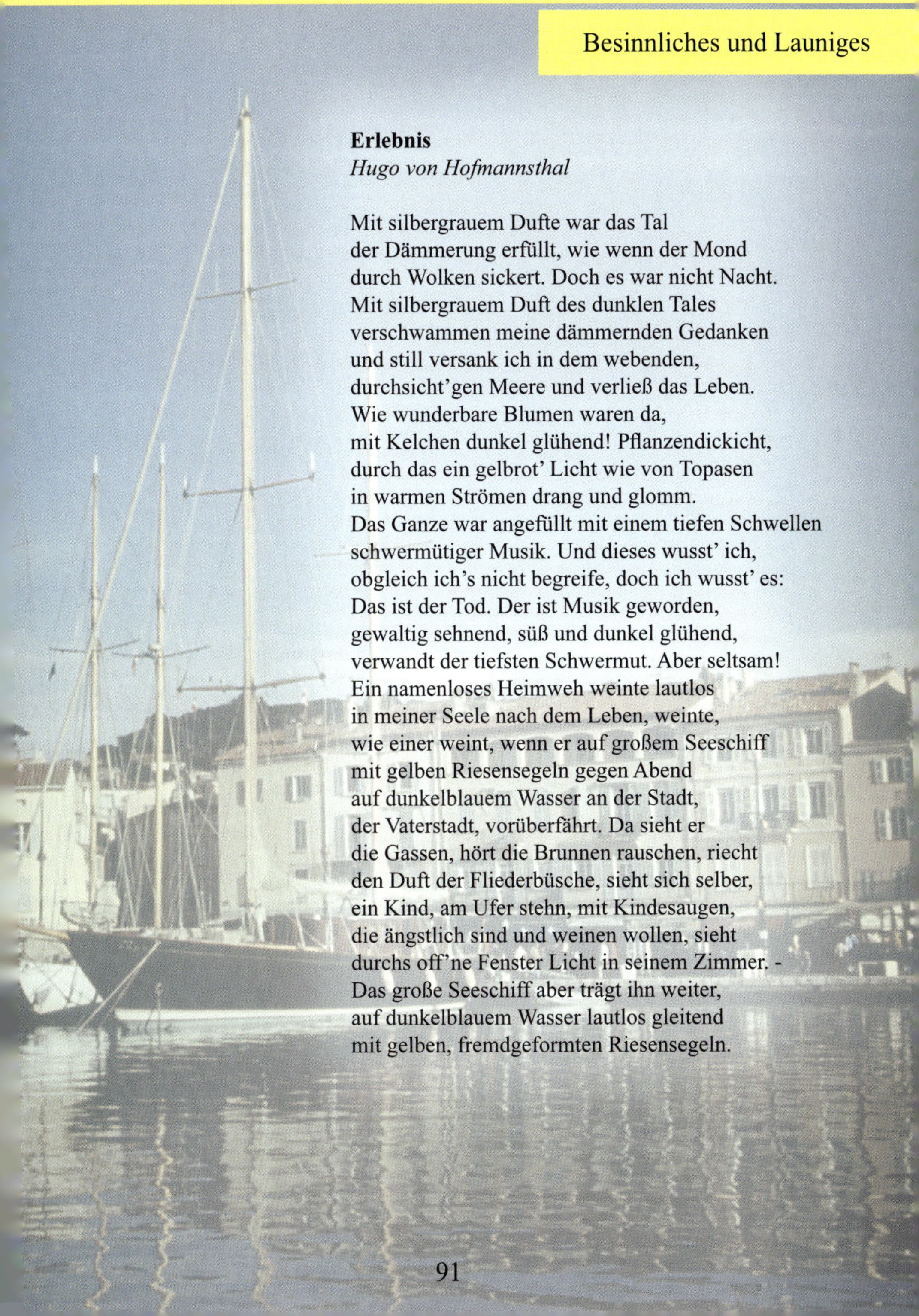

Erlebnis
Hugo von Hofmannsthal

Mit silbergrauem Dufte war das Tal
der Dämmerung erfüllt, wie wenn der Mond
durch Wolken sickert. Doch es war nicht Nacht.
Mit silbergrauem Duft des dunklen Tales
verschwammen meine dämmernden Gedanken
und still versank ich in dem webenden,
durchsicht'gen Meere und verließ das Leben.
Wie wunderbare Blumen waren da,
mit Kelchen dunkel glühend! Pflanzendickicht,
durch das ein gelbrot' Licht wie von Topasen
in warmen Strömen drang und glomm.
Das Ganze war angefüllt mit einem tiefen Schwellen
schwermütiger Musik. Und dieses wusst' ich,
obgleich ich's nicht begreife, doch ich wusst' es:
Das ist der Tod. Der ist Musik geworden,
gewaltig sehnend, süß und dunkel glühend,
verwandt der tiefsten Schwermut. Aber seltsam!
Ein namenloses Heimweh weinte lautlos
in meiner Seele nach dem Leben, weinte,
wie einer weint, wenn er auf großem Seeschiff
mit gelben Riesensegeln gegen Abend
auf dunkelblauem Wasser an der Stadt,
der Vaterstadt, vorüberfährt. Da sieht er
die Gassen, hört die Brunnen rauschen, riecht
den Duft der Fliederbüsche, sieht sich selber,
ein Kind, am Ufer stehn, mit Kindesaugen,
die ängstlich sind und weinen wollen, sieht
durchs off'ne Fenster Licht in seinem Zimmer. -
Das große Seeschiff aber trägt ihn weiter,
auf dunkelblauem Wasser lautlos gleitend
mit gelben, fremdgeformten Riesensegeln.

Verborgenheit
Eduard Mörike

Lass, o Welt, o lass mich sein!
Locket nicht mit Liebesgaben,
lasst dies Herz alleine haben
seine Wonne, seine Pein!

Was ich traure, weiß ich nicht,
es ist unbekanntes Wehe;
immerdar durch Tränen sehe
ich der Sonne liebes Licht.

Oft bin ich mir kaum bewusst,
und die helle Freude zücket
durch die Schwere, so mich drücket
wonniglich in meiner Brust.

Lass, o Welt, o lass mich sein!
Locket nicht mit Liebesgaben,
lasst dies Herz alleine haben
seine Wonne, seine Pein!

Rückblick
Eduard Mörike

Bei jeder Wendung deiner Lebensbahn,
auch wenn sie glückverheißend sich erweitert
und du verlierst, um Größres zu gewinnen:
- Betroffen stehst du plötzlich still, den Blick
gedankenvoll auf das Vergangne heftend;
die Wehmut lehnt an deine Schulter sich
und wiederholt in deine Seele dir,
wie lieblich alles war, und dass es nun
damit vorbei auf immer sei, auf immer!

Der Jüngling am Bache
Friedrich von Schiller

An der Quelle saß der Knabe,
Blumen wand er sich zum Kranz,
und er sah sie fortgerissen,
treiben in der Wellen Tanz:
Und so fliehen meine Tage
wie die Quelle rastlos hin!
Und so bleichet meine Jugend,
wie die Kränze schnell verblühn.

Fraget nicht, warum ich traure
in des Lebens Blütenzeit!
Alles freuet sich und hoffet,
wenn der Frühling sich erneut.
Aber diese tausend Stimmen
der erwachenden Natur
wecken in dem tiefen Busen
mir den schweren Kummer nur.

Was soll mir die Freude frommen,
die der schöne Lenz mir beut?
Eine nur ist's, die ich suche,
sie ist nah und ewig weit.
Sehnend breit' ich meine Arme
nach dem teuren Schattenbild,
ach, ich kann es nicht erreichen,
und das Herz bleibt ungestillt!

Komm herab, du schöne Holde,
und verlass dein stolzes Schloss!
Blumen, die der Lenz geboren,
streu ich dir in deinen Schoß.
Horch, der Hain erschallt von Liedern,
und die Quelle rieselt klar!
Raum ist in der kleinsten Hütte
für ein glücklich liebend' Paar.

Hoffnung
Friedrich von Schiller

Es reden und träumen die Menschen viel
von bessern künftigen Tagen,
nach einem glücklichen goldenen Ziel
sieht man sie rennen und jagen;
die Welt wird alt und wird wieder jung,
doch der Mensch hofft immer Verbesserung.

Die Hoffnung führt ihn ins Leben ein,
sie umflattert den fröhlichen Knaben,
den Jüngling locket ihr Zauberschein,
sie wird mit dem Greis nicht begraben;
denn beschließt er im Grabe den müden Lauf,
noch am Grabe pflanzt er - die Hoffnung auf.

Es ist kein leerer schmeichelnder Wahn,
erzeugt im Gehirne des Toren,
im Herzen kündet es laut sich an:
Zu was Besser'm sind wir geboren.
Und was die innere Stimme spricht,
das täuscht die hoffende Seele nicht.

Licht und Wärme
Friedrich von Schiller

Der bessre Mensch tritt in die Welt
mit fröhlichem Vertrauen,
er glaubt, was ihm die Seele schwellt,
auch außer sich zu schauen,
und weiht, von edlem Eifer warm,
der Wahrheit seinen treuen Arm.
Doch alles ist so klein, so eng!
Hat er es erst erfahren,
da sucht er in dem Weltgedräng'
sich selbst nur zu bewahren;
das Herz, in kalter stolzer Ruh,
schließt endlich sich der Liebe zu.
Sie geben, ach! nicht immer Glut,
der Wahrheit helle Strahlen.
Wohl denen, die des Wissens Gut
nicht mit dem Herzen zahlen.
Drum paart, zu eurem schönsten Glück,
mit Schwärmers Ernst des Weltmanns Blick.

Ist die Zeit auch hingeflogen
Ludwig Uhland

Ist die Zeit auch hingeflogen,
die Erinnerung weicht nie;
als ein leichter Regenbogen
steht auf trüben Wolken sie.

Mein Herz getrost, und lass das Klagen
Theodor Fontane

Mein Herz getrost, und lass das Klagen,
und stelle deinen Kummer ein,
und lass vor allem vom Verzagen
nicht länger mehr die Rede sein.

Nicht ewig herrschen kann auf Erden
die Willkür und die Tyrannei,
nein, anders, besser wird es werden;
und wir auch, Herz, wir werden frei.

Es gilt nur, um sich her zu schauen,
zu sehn, wie rings es gärt und kocht,
wie jedes Herz in deutschen Gauen
begeistert für die Freiheit pocht.

Vorbei ist's mit dem Liebesgirren,
man hört ein kräftig' freies Wort,
und hört auch wohl die Schwerter klirren,
geht's nur so rüstig weiter fort.

Und einmal nur das Schwert genommen,
das gute Schwert in unsre Hand,
da muss der Lenz der Freiheit kommen
und segnen unser Vaterland.

Verheißung
Heinrich Heine

Nicht mehr barfuß sollst du traben,
deutsche Freiheit, durch die Sümpfe,
endlich kommst du auf die Strümpfe,
und auch Stiefel sollst du haben!

Auf dem Haupte sollst du tragen
eine warme Pudelmütze,
dass sie dir die Ohren schütze
in den kalten Wintertagen.

Du bekommst sogar zu essen -
eine große Zukunft naht dir!
Lass dich nur vom welschen Satyr
nicht verlocken zu Exzessen!

Werde nur nicht dreist und dreister!
Setz nicht den Respekt bei Seiten
vor den hohen Obrigkeiten
und dem Herren Bürgermeister.

Die Wahl-Esel
Heinrich Heine

Die Freiheit hat man satt am End',
und die Republik der Tiere
begehrte, dass ein einz'ger Regent
sie absolut regiere.

Jedwede Tiergattung versammelte sich,
Wahlzettel wurden geschrieben;
Parteisucht wütete fürchterlich,
Intrigen wurden getrieben.

Das Komitee der Esel ward
von Alt-Langohren regieret;
sie hatten die Köpfe mit einer Kokard',
die schwarz-rot-gold, verzieret.

Es gab eine kleine Pferdepartei,
doch wagte sie nicht zu stimmen;
sie hatte Angst vor dem Geschrei
der Alt-Langohren, der grimmen.

Als einer jedoch die Kandidatur
des Rosses empfahl, mit Zeter
ein Alt-Langohr in die Rede ihm fuhr,
und schrie: Du bist ein Verräter!

Du bist ein Verräter, es fließt in dir
kein Tropfen vom Eselsblute;
du bist kein Esel, ich glaube schier,
dich warf eine welsche Stute.

Du stammst vom Zebra vielleicht, die Haut,
sie ist gestreift zebräisch;
auch deiner Stimme näselnder Laut
klingt ziemlich ägyptisch-hebräisch.

Und wärst du kein Fremdling, so bist du doch nur
Verstandesesel, ein kalter;
du kennst nicht die Tiefen der Eselsnatur,
dir klingt nicht ihr mystischer Psalter.

Ich aber versenkte die Seele ganz
in jenes süße Gedösel;
ich bin ein Esel, in meinem Schwanz
ist jedes Haar ein Esel.

Ich bin kein Römling, ich bin kein Sklav';
ein deutscher Esel bin ich,
gleich meinen Vätern. Sie waren so brav,
so pflanzenwüchsig, so sinnig.

Sie spielten nicht mit Galanterei
frivole Lasterspiele;
sie trabten täglich, frisch-fromm-fröhlich-frei,
mit ihren Säcken zur Mühle.

Die Väter sind nicht tot! Im Grab
nur ihre Häute liegen,
die sterblichen Hüllen. Vom Himmel herab
schaun sie auf uns mit Vergnügen.

Verklärte Esel im Gloria-Licht!
Wir wollen euch immer gleichen
und niemals von dem Pfad der Pflicht
nur einen Fingerbreit weichen.

O welche Wonne, ein Esel zu sein!
Ein Enkel von solchen Langohren!
Ich möchte es von allen Dächern schrein:
Ich bin als Esel geboren.

Der große Esel, der mich erzeugt,
er war von deutschem Stamme;
mit deutscher Eselsmilch gesäugt
hat mich die Mutter, die Mamme.

Ich bin ein Esel, und will getreu,
wie meine Väter, die Alten,
an der alten, lieben Eselei,
am Eseltume halten.

Und weil ich ein Esel, so rat ich euch,
den Esel zum König zu wählen;
wir stiften das große Eselreich,
wo nur die Esel befehlen.

Wir alle sind Esel! I-A! I-A!
Wir sind keine Pferdeknechte.
Fort mit den Rossen! Es lebe, Hurra!
Der König vom Eselsgeschlechte!

So sprach der Patriot. Im Saal
die Esel Beifall rufen.
Sie waren alle national
und stampften mit den Hufen.

Sie haben des Redners Haupt geschmückt
mit einem Eichenkranze.
Er dankte stumm, und hochbeglückt
wedelt' er mit dem Schwanze.

Freiheit und Friede

An die Freude

Friedrich von Schiller

Freude, schöner Götterfunken,
Tochter aus Elysium,
wir betreten feuertrunken,
Himmlische, dein Heiligtum.
Deine Zauber binden wieder,
was die Mode streng geteilt,
alle Menschen werden Brüder,
wo dein sanfter Flügel weilt.
Seid umschlungen, Millionen!
Diesen Kuß der ganzen Welt!
Brüder - überm Sternenzelt
muss ein lieber Vater wohnen.

Wem der große Wurf gelungen,
eines Freundes Freund zu sein,
wer ein holdes Weib errungen,
mische seinen Jubel ein!
Ja - wer auch nur eine Seele
sein nennt auf dem Erdenrund!
Und wer's nie gekonnt, der stehle
weinend sich aus diesem Bund.
Was den großen Ring bewohnet,
huldige der Sympathie!
Zu den Sternen leitet sie,
wo der Unbekannte thronet.

Freude trinken alle Wesen
an den Brüsten der Natur,
alle Guten, alle Bösen
folgen ihrer Rosenspur.
Küsse gab sie uns und Reben,
einen Freund, geprüft im Tod,
Wollust ward dem Wurm gegeben,
und der Cherub steht vor Gott.
Ihr stürzt nieder, Millionen?
Ahnest du den Schöpfer, Welt?
Such ihn überm Sternenzelt!
Über Sternen muss er wohnen.

Freude heißt die starke Feder
in der ewigen Natur.
Freude, Freude treibt die Räder
in der großen Weltenuhr.
Blumen lockt sie aus den Keimen,
Sonnen aus dem Firmament,
Sphären rollt sie in den Räumen,
die des Sehers Rohr nicht kennt.
Froh, wie seine Sonnen fliegen
durch des Himmels prächt'gen Plan
wandelt, Brüder, eure Bahn,
freudig wie ein Held zum Siegen.

Aus der Wahrheit Feuerspiegel
lächelt sie den Forscher an.
Zu der Tugend steilem Hügel
leitet sie des Dulders Bahn.
Auf des Glaubens Sonnenberge
sieht man ihre Fahnen wehn,
durch den Riss gesprengter Särge
sie im Chor der Engel stehn.

Duldet mutig, Millionen!
Duldet für die bessre Welt!
Droben überm Sternenzelt
wird ein großer Gott belohnen.

Göttern kann man nicht vergelten,
schön ist's, ihnen gleich zu sein.
Gram und Armut soll' sich melden,
mit den Frohen sich erfreun.
Groll und Rache sei vergessen,
unserm Todfeind sei verziehn,
keine Träne soll ihn pressen,
keine Reue nage ihn.
Unser Schuldbuch sei vernichtet!
Ausgesöhnt die ganze Welt!
Brüder - überm Sternenzelt
richtet Gott, wie wir gerichtet.

Freude sprudelt in Pokalen,
in der Traube goldnem Blut
trinken Sanftmut Kannibalen,
die Verzweiflung Heldenmut.
Brüder, fliegt von euren Sitzen,
wenn der volle Römer kreist,
lasst den Schaum zum Himmel spritzen:
Dieses Glas dem guten Geist!
Den der Sterne Wirbel loben,
den des Seraphs Hymne preist,
dieses Glas dem guten Geist
überm Sternenzelt dort oben!

Festen Mut in schweren Leiden,
Hilfe, wo die Unschuld weint,
Ewigkeit geschwornen Eiden,
Wahrheit gegen Freund und Feind,
Männerstolz vor Königsthronen,
Brüder, gält' es Gut und Blut:
Dem Verdienste seine Kronen,
Untergang der Lügenbrut!
Schließt den heil'gen Zirkel dichter,
schwört bei diesem goldnen Wein,
dem Gelübde treu zu sein,
schwört es bei dem Sternenrichter!

Würde der Frauen
Friedrich von Schiller

Ehret die Frauen! Sie flechten und weben
himmlische Rosen ins irdische Leben,
flechten der Liebe beglückendes Band,
und in der Grazie züchtigem Schleier
nähren sie wachsam das ewige Feuer
schöner Gefühle mit heiliger Hand.

Ewig aus der Wahrheit Schranken
schweift des Mannes wilde Kraft,
unstet treiben die Gedanken
auf dem Meer der Leidenschaft.
Gierig greift er in die Ferne,
nimmer wird sein Herz gestillt,
rastlos durch entleg'ne Sterne
jagt er seines Traumes Bild.

Aber mit zauberisch fesselndem Blicke
winken die Frauen den Flüchtling zurücke,
warnend zurück in der Gegenwart Spur.
In der Mutter bescheidener Hütte
sind sie geblieben mit schamhafter Sitte,
treue Töchter der frommen Natur.

Feindlich ist des Mannes Streben,
mit zermalmender Gewalt
geht der wilde durch das Leben,
ohne Rast und Aufenthalt.
Was er schuf, zerstört er wieder,
nimmer ruht der Wünsche Streit,
nimmer, wie das Haupt der Hyder
ewig fällt und sich erneut.

Aber, zufrieden mit stillerem Ruhme,
brechen die Frauen des Augenblicks Blume,
nähren sie sorgsam mit liebendem Fleiß,
freier in ihrem gebundenen Wirken,
reicher als er in des Wissens Bezirken
und in der Dichtung unendlichem Kreis.

Streng und stolz sich selbst genügend,
kennt des Mannes kalte Brust,
herzlich an ein Herz sich schmiegend,
nicht der Liebe Götterlust,
kennet nicht den Tausch der Seelen,
nicht in Tränen schmilzt er hin,
selbst des Lebens Kämpfe stählen
härter seinen harten Sinn.

Aber, wie leise vom Zephyr erschüttert
schnell die äolische Harfe erzittert,
also die fühlende Seele der Frau.
Zärtlich geängstigt vom Bilde der Qualen,
wallet der liebende Busen, es strahlen
perlend die Augen von himmlischem Tau.

In der Männer Herrschgebiete
gilt der Stärke trotzig' Recht,
mit dem Schwert beweist der Skythe,
und der Perser wird zum Knecht.
Es befehden sich im Grimme
die Begierden wild und roh,
und der Eris raue Stimme
waltet, wo die Charis floh.

Aber mit sanft überredender Bitte
führen die Frauen den Zepter der Sitte,
löschen die Zwietracht, die tobend entglüht,
lehren die Kräfte, die feindlich sich hassen,
sich in der lieblichen Form zu umfassen,
und vereinen, was ewig sich flieht.

Das Lied von der Glocke
Friedrich von Schiller

Fest gemauert in der Erden
steht die Form, aus Lehm gebrannt.
Heute muss die Glocke werden!
Frisch, Gesellen, seid zur Hand!
Von der Stirne heiß
rinnen muss der Schweiß,
soll das Werk den Meister loben;
doch der Segen kommt von oben.

Zum Werke, das wir ernst bereiten,
geziemt sich wohl ein ernstes Wort;
wenn gute Reden sie begleiten,
dann fließt die Arbeit munter fort.
So lasst uns jetzt mit Fleiß betrachten,
was durch die schwache Kraft entspringt:
Den schlechten Mann muss man verachten,
der nie bedacht, was er vollbringt.
Das ist's ja, was den Menschen zieret,
und dazu ward ihm der Verstand,
dass er im innern Herzen spüret,
was er erschafft mit seiner Hand.

Nehmet Holz vom Fichtenstamme,
doch recht trocken lasst es sein,
dass die eingepresste Flamme
schlage zu dem Schwalm hinein!
Kocht des Kupfers Brei,
schnell das Zinn herbei!
Dass die zähe Glockenspeise
fließe nach der rechten Weise!

Was in des Dammes tiefer Grube
die Hand mit Feuers Hilfe baut,
hoch auf des Turmes Glockenstube,
da wird es von uns zeugen laut.
Noch dauern wird's in späten Tagen
und rühren vieler Menschen Ohr
und wird mit dem Betrübten klagen
und stimmen zu der Andacht Chor.
Was unten tief dem Erdensohne
das wechselnde Verhängnis bringt,
das schlägt an die metall'ne Krone,
die es erbaulich weiterklingt.

Weiße Blasen seh ich springen,
wohl! die Massen sind im Fluss.
Lasst's mit Aschensalz durchdringen,
das befördert schnell den Guss.
Auch von Schaume rein
muss die Mischung sein,
dass vom reinlichen Metalle
rein und voll die Stimme schalle.

Denn mit der Freude Feierklange
begrüßt sie das geliebte Kind
auf seines Lebens erstem Gange,
den es in Schlafes Arm beginnt;
ihm ruhen noch im Zeitenschoße
die schwarzen und die heitern Lose,
der Mutterliebe zarte Sorgen
bewachen seinen goldnen Morgen. -

Die Jahre fliehen pfeilgeschwind.
Vom Mädchen reißt sich stolz der Knabe,
er stürmt ins Leben wild hinaus,
durchmisst die Welt am Wanderstabe.
Fremd kehrt er heim ins Vaterhaus,
und herrlich, in der Jugend Prangen,
wie ein Gebild' aus Himmels Höh'n,
mit züchtigen, verschämten Wangen
sieht er die Jungfrau vor sich stehn.
Da fasst ein namenloses Sehnen
des Jünglings Herz, er irrt allein,
aus seinen Augen brechen Tränen,
er flieht der Brüder wilden Reih'n.

Errötend folgt er ihren Spuren
und ist von ihrem Gruß beglückt,
das Schönste sucht er auf den Fluren,
womit er seine Liebe schmückt.
0! Zarte Sehnsucht, süßes Hoffen,
der ersten Liebe goldne Zeit!
Das Auge sieht den Himmel offen,
es schwelgt das Herz in Seligkeit.
0! Dass sie ewig grünen bliebe,
die schöne Zeit der jungen Liebe!

Wie sich schon die Pfeifen bräunen!
Dieses Stäbchen tauch ich ein:
Sehn wir's überglast erscheinen,
wird's zum Gusse zeitig sein.
Jetzt, Gesellen, frisch!
Prüft mir das Gemisch,
ob das Spröde mit dem Weichen
sich vereint zum guten Zeichen.

Denn wo das Strenge mit dem Zarten,
wo Starkes sich und Mildes paarten,
da gibt es einen guten Klang.
Drum prüfe, wer sich ewig bindet,
ob sich das Herz zum Herzen findet!
Der Wahn ist kurz, die Reu ist lang.
Lieblich in der Bräute Locken
spielt der jungfräuliche Kranz,
wenn die hellen Kirchenglocken
laden zu des Festes Glanz.
Ach! Des Lebens schönste Feier
endigt auch den Lebensmai,
mit dem Gürtel, mit dem Schleier
reißt der schöne Wahn entzwei.
Die Leidenschaft flieht,
die Liebe muss bleiben;
die Blume verblüht,
die Frucht muss treiben.
Der Mann muss hinaus
ins feindliche Leben,
muss wirken und streben
und pflanzen und schaffen,
erlisten, erraffen,
muss wetten und wagen,
das Glück zu erjagen.
Da strömet herbei die unendliche Gabe,
es füllt sich der Speicher mit köstlicher Habe,
die Räume wachsen, es dehnt sich das Haus.

Und drinnen waltet
die züchtige Hausfrau,
die Mutter der Kinder,
und herrschet weise
im häuslichen Kreise,
und lehret die Mädchen
und wehret den Knaben,
und reget ohn' Ende
die fleißigen Hände,
und mehrt den Gewinn
mit ordnendem Sinn.

Und füllet mit Schätzen die duftenden Laden,
und dreht um die schnurrende Spindel den Faden,
und sammelt im reinlich geglätteten Schrein
die schimmernde Wolle, den schneeigten Lein,
und füget zum Guten den Glanz und den Schimmer,
und ruhet nimmer.

Und der Vater mit frohem Blick
von des Hauses weit schauendem Giebel
überzählet sein blühend' Glück,
siehet der Pfosten ragende Bäume
und der Scheunen gefüllte Räume
und die Speicher, vom Segen gebogen,
und des Kornes bewegte Wogen,
rühmt sich mit stolzem Mund:
Fest, wie der Erde Grund,
gegen des Unglücks Macht
steht mit des Hauses Pracht!
Doch mit des Geschickes Mächten
ist kein ew'ger Bund zu flechten,
und das Unglück schreitet schnell.

Wohl! Nun kann der Guss beginnen,
schön gezacket ist der Bruch.
Doch, bevor wir's lassen rinnen,
betet einen frommen Spruch.
Stoßt den Zapfen aus!
Gott bewahr das Haus!
Rauchend in des Henkels Bogen
schießt's mit feuerbraunen Wogen.

Wohltätig ist des Feuers Macht,
wenn sie der Mensch bezähmt, bewacht,
und was er bildet, was er schafft,
das dankt er dieser Himmelskraft;
doch furchtbar wird die Himmelskraft,
wenn sie der Fessel sich entrafft,
einhertritt auf der eignen Spur
die freie Tochter der Natur.
Wehe, wenn sie losgelassen,
wachsend ohne Widerstand
durch die volkbelebten Gassen
wälzt den ungeheuren Brand!
Denn die Elemente hassen
das Gebild' der Menschenhand.
Aus der Wolke
quillt der Segen,
strömt der Regen;
aus der Wolke, ohne Wahl,
zuckt der Strahl!
Hört ihr's wimmern hoch vom Turm?
Das ist Sturm!
Rot wie Blut
ist der Himmel,
das ist nicht des Tages Glut!
Welch Getümmel
Straßen auf!
Dampf wallt auf!

Flackernd steigt die Feuersäule,
durch der Straße lange Zeile
wächst es fort mit Windeseile,
kochend wie aus Ofens Rachen
glühn die Lüfte, Balken krachen,
Pfosten stürzen, Fenster klirren,
Kinder jammern, Mütter irren,
Tiere wimmern
unter Trümmern,
alles rennet, rettet, flüchtet,
taghell ist die Nacht gelichtet.
Durch der Hände lange Kette
um die Wette
fliegt der Eimer, hoch im Bogen
spritzen Quellen, Wasserwogen.
Heulend kommt der Sturm geflogen,
der die Flamme brausend sucht.
Prasselnd in die dürre Frucht
fällt sie in des Speichers Räume,
in der Sparren dürre Bäume,
und als wollte sie im Wehen
mit sich fort der Erde Wucht
reißen in gewalt'ger Flucht,
wächst sie in des Himmels Höhen
riesengroß! Hoffnungslos
weicht der Mensch der Götterstärke,
müßig sieht er seine Werke
und bewundernd untergehen.

Leergebrannt ist die Stätte,
wilder Stürme raues Bette;
in den öden Fensterhöhlen
wohnt das Grauen,
und des Himmels Wolken schauen
hoch hinein.

Einen Blick
nach dem Grabe
seiner Habe
sendet noch der Mensch zurück,
greift fröhlich dann zum Wanderstabe.
Was Feuers Wut ihm auch geraubt,
ein süßer Trost ist ihm geblieben:
Er zählt die Häupter seiner Lieben,
und sieh! ihm fehlt kein teures Haupt.

In die Erd' ist's aufgenommen,
glücklich ist die Form gefüllt;
wird's auch schön zutage kommen,
dass es Fleiß und Kunst vergilt?
Wenn der Guss misslang?
Wenn die Form zersprang?
Ach! Vielleicht, indem wir hoffen,
hat uns Unheil schon getroffen.

Dem dunkeln Schoß der heil'gen Erde
vertrauen wir der Hände Tat,
vertraut der Sämann seine Saat
und hofft, dass sie entkeimen werde
zum Segen, nach des Himmels Rat.
Noch köstlicheren Samen bergen
wir trauernd in der Erde Schoß
und hoffen, dass er aus den Särgen
erblühen soll zu schönerm Los.

Von dem Dome,
schwer und bang,
tönt die Glocke
Grabgesang.
Ernst begleiten ihre Trauerschläge
einen Wandrer auf dem letzten Wege.

Ach! die Gattin ist's, die teure,
Ach! es ist die treue Mutter,
die der schwarze Fürst der Schatten
wegführt aus dem Arm des Gatten,
aus der zarten Kinder Schar,
die sie blühend ihm gebar,
die sie an der treuen Brust
wachsen sah mit Mutterlust -
ach! des Hauses zarte Bande
sind gelöst auf immerdar,
denn sie wohnt im Schattenlande,
die des Hauses Mutter war,
denn es fehlt ihr treues Walten,
ihre Sorge wacht nicht mehr,
an verwaister Stätte schalten
wird die Fremde, liebeleer.

Bis die Glocke sich verkühlet,
lasst die strenge Arbeit ruhn;
wie im Laub der Vogel spielet,
mag sich jeder gütlich tun.
Winkt der Sterne Licht,
ledig aller Pflicht
hört der Pursch die Vesper schlagen,
Meister muss sich immer plagen.

Munter fördert seine Schritte
fern im wilden Forst der Wandrer
nach der lieben Heimathütte.
Blökend ziehen heim die Schafe,
und der Rinder
breitgestirnte, glatte Scharen
kommen brüllend,
die gewohnten Ställe füllend.
Schwer herein
schwankt der Wagen,
kornbeladen,
bunt von Farben
auf den Garben
liegt der Kranz,
und das junge Volk der Schnitter
fliegt zum Tanz.
Markt und Straße werden stiller,
um des Lichts gesell'ge Flamme
sammeln sich die Hausbewohner,
und das Stadttor schließt sich knarrend.
Schwarz bedecket
sich die Erde,
doch den sichern Bürger schrecket
nicht die Nacht,
die den Bösen grässlich wecket,
denn das Auge des Gesetzes wacht.

Heil'ge Ordnung, segenreiche
Himmelstochter, die das Gleiche
frei und leicht und freudig bindet,
die der Städte Bau gegründet,
die herein von den Gefilden
rief den ungesell'gen Wilden,
eintrat in der Menschen Hütten,
sie gewöhnt zu sanften Sitten
und das teuerste der Bande
wob, den Trieb zum Vaterlande!

Tausend fleiß'ge Hände regen,
helfen sich in munterm Bund,
und in feurigem Bewegen
werden alle Kräfte kund.
Meister rührt sich und Geselle
in der Freiheit heil'gem Schutz,
jeder freut sich seiner Stelle,
bietet dem Verächter Trutz.
Arbeit ist des Bürgers Zierde,
Segen ist der Mühe Preis;
ehrt den König seine Würde,
ehret uns der Hände Fleiß.

Holder Friede,
süße Eintracht,
weilet, weilet
freundlich über dieser Stadt!
Möge nie der Tag erscheinen,
wo des rauen Krieges Horden
dieses stille Tal durchtoben,
wo der Himmel,
den des Abends sanfte Röte
lieblich malt,
von der Dörfer, von der Städte
wildem Brande schrecklich strahlt!

Nun zerbrecht mir das Gebäude,
seine Absicht hat's erfüllt,
dass sich Herz und Auge weide
an dem wohl gelungnen Bild.
Schwingt den Hammer, schwingt,
bis der Mantel springt!
Wenn die Glock' soll auferstehen,
muss die Form in Stücken gehen.

Der Meister kann die Form zerbrechen
mit weiser Hand, zur rechten Zeit,
doch wehe, wenn in Flammenbächen
das glüh'nde Erz sich selbst befreit!
Blindwütend mit des Donners Krachen,
zersprengt es das geborst'ne Haus,
und wie aus offnem Höllenrachen
speit es Verderben zündend aus.
Wo rohe Kräfte sinnlos walten,
da kann sich kein Gebild' gestalten;
wenn sich die Völker selbst befrein,
da kann die Wohlfahrt nicht gedeihn.

Weh, wenn sich in dem Schoß der Städte
der Feuerzunder still gehäuft,
das Volk, zerreißend seine Kette,
zur Eigenhilfe schrecklich greift!
Da zerret an der Glocke Strängen
der Aufruhr, dass sie heulend schallt
und, nur geweiht zu Friedensklängen,
die Losung anstimmt zur Gewalt.

Freiheit und Gleichheit! hört man schallen,
der ruhige Bürger greift zur Wehr,
die Straßen füllen sich, die Hallen,
und Würgerbanden ziehn umher;
da werden Weiber zu Hyänen
und treiben mit Entsetzen Scherz,
noch zuckend, mit des Panters Zähnen,
zerreißen sie des Feindes Herz.
Nichts Heiliges ist mehr, es lösen
sich alle Bande frommer Scheu,
der Gute räumt den Platz dem Bösen,
und alle Laster walten frei.

Freiheit und Friede

Gefährlich ist's, den Leu zu wecken,
verderblich ist des Tigers Zahn,
jedoch der schrecklichste der Schrecken,
das ist der Mensch in seinem Wahn.
Weh denen, die dem Ewigblinden
des Lichtes Himmelsfackel leihn!
Sie strahlt ihm nicht, sie kann nur zünden
und äschert Städt' und Länder ein.

Freude hat mir Gott gegeben!
Sehet! Wie ein goldner Stern
aus der Hülse, blank und eben,
schält sich der metall'ne Kern.
Von dem Helm zum Kranz
spielt's wie Sonnenglanz,
auch des Wappens nette Schilder
loben den erfahrnen Bilder.
Herein! Herein!
Gesellen alle, schließt den Reihen,
dass wir die Glocke taufend weihen,
Concordia soll ihr Name sein,
zur Eintracht, zu herzinnigem Vereine
versammle sie die liebende Gemeine.

Und dies sei fortan ihr Beruf!
wozu der Meister sie erschuf:
Hoch überm niedern Erdenleben
soll sie im blauen Himmelszelt
die Nachbarin des Donners schweben
und grenzen an die Sternenwelt,
soll eine Stimme sein von oben,
wie der Gestirne helle Schar,
die ihren Schöpfer wandelnd loben
und führen das bekränzte Jahr.

Nur ewigen und ernsten Dingen
sei ihr metall'ner Mund geweiht,
und stündlich mit den schnellen Schwingen
berühr im Fluge sie die Zeit;
dem Schicksal leihe sie die Zunge,
selbst herzlos, ohne Mitgefühl,
begleite sie mit ihrem Schwunge
des Lebens wechselvolles Spiel.
Und wie der Klang im Ohr vergehet,
der mächtig tönend ihr entschallt,
so lehre sie, dass nichts bestehet,
dass alles Irdische verhallt.

Jetzo mit der Kraft des Stranges
wiegt die Glock' mir aus der Gruft,
dass sie in das Reich des Klanges
steige, in die Himmelsluft.
Ziehet, ziehet, hebt!
Sie bewegt sich, schwebt.
Freude dieser Stadt bedeute,
Friede sei ihr erst' Geläute.

Abendlied
Matthias Claudius

Der Mond ist aufgegangen,
die goldnen Sternlein prangen
am Himmel hell und klar;
der Wald steht schwarz und schweiget
und aus den Wiesen steiget
der weiße Nebel wunderbar.

Wie ist die Welt so stille
und in der Dämmrung Hülle
so traulich und so hold!
Als eine stille Kammer,
wo ihr des Tages Jammer
verschlafen und vergessen sollt.

Seht ihr den Mond dort stehen?
Er ist nur halb zu sehen
und ist doch rund und schön!
So sind wohl manche Sachen,
die wir getrost belachen,
weil unsre Augen sie nicht sehn.

Wir stolze Menschenkinder
sind eitel arme Sünder
und wissen gar nicht viel;
wir spinnen Luftgespinste
und suchen viele Künste
und kommen weiter von dem Ziel.

Gott, lass uns dein Heil schauen,
auf nichts Vergänglich's trauen,
nicht Eitelkeit uns freun!
Lass uns einfältig werden
und vor dir hier auf Erden
wie Kinder fromm und fröhlich sein!

Wollst endlich sonder Grämen
aus dieser Welt uns nehmen
durch einen sanften Tod!
Und wenn du uns genommen,
lass uns in Himmel kommen,
du, unser Herr und unser Gott!

So legt euch denn, ihr Brüder,
in Gottes Namen nieder!
Kalt ist der Abendhauch.
Verschon uns, Gott, mit Strafen,
und lass uns ruhig schlafen!
Und unsern kranken Nachbarn auch.

Durchwachte Nacht
Annette von Droste-Hülshoff

Wie sank die Sonne glüh und schwer!
Und aus versengter Welle dann
wie wirbelte der Nebel Heer.
Die sternenlose Nacht heran!
- Ich höre ferne Schritte gehen, -
Die Uhr schlägt zehn.

Noch ist nicht alles Leben eingenickt,
der Schlafgemächer letzte Türen knarren,
vorsichtig in der Rinne Bauch gedrückt
schlüpft noch der Iltis an des Giebels Sparren,
die schlummertrunkne Färse murrend nickt,
und fern im Stalle dröhnt des Rosses Scharren,
sein müdes Schnauben, bis, vom Mohn getränkt,
es schlaff die regungslose Flanke senkt.

Betäubend gleitet Fliederhauch
durch meines Fensters offnen Spalt,
und an der Scheibe grauem Rauch
der Zweige wimmelnd' Neigen wallt.
Matt bin ich, matt wie die Natur! -
Elf schlägt die Uhr.

Wunderliches Schlummerwachen, bist
der zartren Nerve Fluch du oder Segen? -
'Ɛs ist eine Nacht vom Taue wachgeküsst,
das Dunkel fühl ich kühl wie feinen Regen
an meine Wange gleiten, das Gerüst
des Vorhangs scheint sich schaukelnd zu bewegen,
und dort das Wappen an der Decke Gips
schwimmt sachte mit dem Schlängeln des Polyps.

Wie mir das Blut im Hirne zuckt!
Am Söller geht Geknister um,
im Pulte raschelt es und ruckt,
als drehe sich der Schlüssel um,
und - horch! Der Seiger hat gewacht,
'Ɛs ist Mitternacht.

War das ein Geisterlaut? So schwach und leicht
wie kaum berührten Glases schwirrend' Klingen,
und wieder, wie verhaltnes Weinen, steigt
ein langer Klageton aus den Syringen,
gedämpfter, süßer nun, wie tränenfeucht
und selig kämpft verschämter Liebe Ringen;
o Nachtigall, das ist kein wacher Sang,
ist nur im Traum gelöster Seele Drang.

Da kollert's nieder vom Gestein!
Des Turmes morsche Trümmer fällt,
das Käuzlein knackt und hustet drein.
Ein jäher Windesodem schwellt
Gezweig und Kronenschmuck des Hains;
- Die Uhr schlägt eins. -
Und drunten das Gewölke rollt und klimmt;
gleich einer Lampe aus dem Hünenmale
hervor des Mondes Silbergondel schwimmt,
verzitternd auf der Gasse blauem Strahle,
an jedem Fliederblatt ein Fünkchen glimmt,
und hell gezeichnet von dem blassen Strahle
legt auf mein Lager sich des Fensters Bild,
vom schwanken Laubgewimmel überhüllt.

Jetzt möcht' ich schlafen, schlafen gleich,
entschlafen unterm Mondeshauch,
umspielt von flüsterndem Gezweig,
im Blute Funken, Funk' im Strauch,
und mir im Ohre Melodei;
- Die Uhr schlägt zwei. -
Und immer heller wird der süße Klang,
das liebe Lachen, es beginnt zu ziehen,
gleich Bildern von Daguerre, die Deck' entlang,
die aufwärts steigen mit des Pfeiles Fliehen;
mir ist, als seh' ich lichter Locken Hang,
gleich Feuerwürmern seh ich Augen glühen,
dann werden feucht sie, werden blau und lind,
und mir zu Füßen sitzt ein schönes Kind.

Es sieht empor, so froh gespannt,
die Seele strömend aus dem Blick,
nun hebt es gaukelnd seine Hand,
nun zieht es lachend sie zurück,
und - horch! Des Hahnes erster Schrei!
- Die Uhr schlägt drei. -

Wie bin ich aufgeschreckt - o süßes Bild,
du bist dahin, zerflossen mit dem Dunkel!
Die unerfreulich graue Dämmrung quillt,
verloschen ist des Flieders Taugefunkel,
verrostet steht des Mondes Silberschild,
im Walde gleitet ängstliches Gemunkel,
und meine Schwalbe an des Frieses Saum
zirpt leise, leise auf im schweren Traum.

Der Tauben Schwärme kreisen scheu,
wie trunken, in des Hofes Rund,
und wieder gellt des Hahnes Schrei,
auf seiner Streue rückt der Hund,
und langsam knarrt des Stalles Tür,
- Die Uhr schlägt vier. -

Da flammt's im Osten auf - o Morgenglut!
Sie steigt, sie steigt, und mit dem ersten Strahle
strömt Wald und Heide vor Gesangesflut,
das Leben quillt aus schäumendem Pokale,
es klirrt die Sense, flattert Falkenbrut,
im nahen Forste schmettern Jagdsignale,
und wie ein Gletscher, sinkt der Träume Land
zerrinnend in des Horizontes Brand.

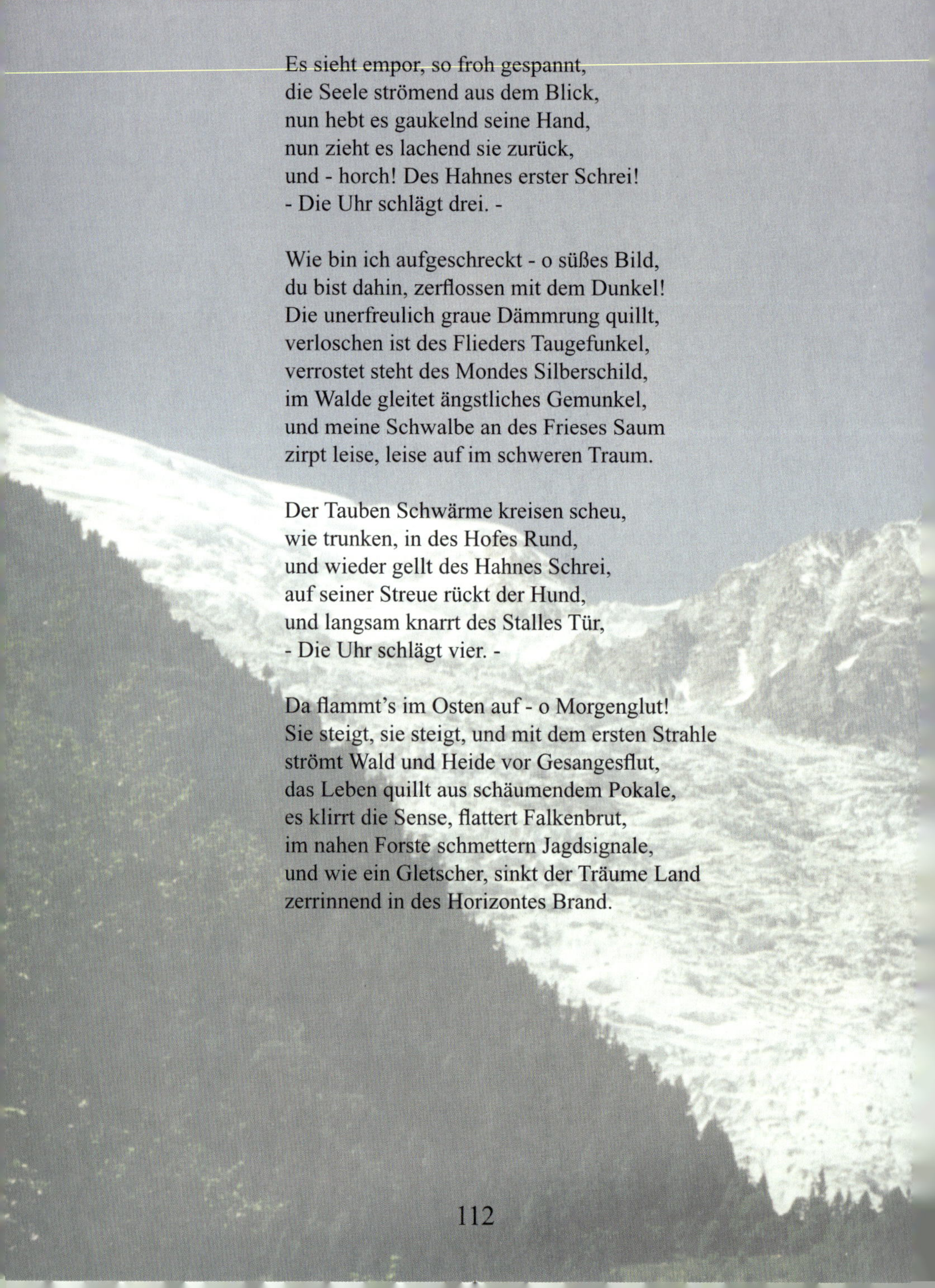

Das Hirtenfeuer
Annette von Droste-Hülshoff

Dunkel, Dunkel im Moor,
über der Heide Nacht,
nur das rieselnde Rohr
neben der Mühle wacht,
und an des Rades Speichen
schwellende Tropfen schleichen.

Unke kauert im Sumpf,
Igel im Grase duckt,
in dem modernden Stumpf
schlafend die Kröte zuckt,
und am sandigen Hange
rollt sich fester die Schlange.

Was glimmt dort hinterm Ginster
und bildet lichte Scheiben?
Nun wirft es Funkenflinster,
die löschend niederstäuben;
nun wieder alles dunkel -
ich hör des Stahles Picken,
ein Knistern, ein Gefunkel -
und auf die Flammen zücken.

Und Hirtenbuben hocken
im Kreis umher, sie strecken
die Hände, Torfes Brocken
seh ich die Lohe lecken;
da bricht ein starker Knabe
aus des Gestrippes Windel,
und schleifet nach im Trabe
ein wüst' Wacholderbündel.

Er lässt's am Feuer kippen -
hei, wie die Buben johlen,
und mit den Fingern schnippen
die Funken-Girandolen!
Wie ihre Zipfelmützen
am Ohre lustig flattern,
und wie die Nadeln spritzen,
und wie die Äste knattern!

Die Flamme sinkt, sie hocken
aufs Neu' umher im Kreise,
und wieder fliegen Brocken,
und wieder schwelt es leise;
glührote Lichter streichen
an Haarbusch und Gesichte,
und schier Dämonen gleichen
die kleinen Heidewichte.

Der da, der Unbeschuhte,
was streckt er in das Dunkel
den Arm wie eine Rute,
im Kreise welch Gemunkel?
Sie spähn wie junge Geier
von ihrer Ginsterschütte:
Ha, noch ein Hirtenfeuer,
recht an des Dammes Mitte!

Man sieht es eben steigen
und seine Schimmer breiten,
den wirren Funkenreigen
übern Wacholder gleiten;
die Buben flüstern leise,
sie räuspern ihre Kehlen,
und alte Heideweise
verzittert durch die Schmehlen.

"Helo, heloe!
Heloe, loe!
Komm du auf unsre Heide,
wo ich meine Schäflein weide,
komm, o komm in unser Bruch,
da gibt's der Blümelein genug -
helo, heloe!"

Die Knaben schweigen, lauschen nach dem Tann,
und leise durch den Ginster zieht's heran:

"Helo, heloe!
Heloe, loe!
Ich sitze auf dem Walle,
meine Schäflein schlafen alle,
komm, o komm in unsern Kamp,
da wächst das Gras wie Brahm so lang! -
Heloe, loe!"

Vergangen ist der lichte Tag
Joseph von Eichendorff

Vergangen ist der lichte Tag,
von ferne kommt der Glocken Schlag,
so reist die Zeit die ganze Nacht,
nimmt manchen mit, der's nicht gedacht.

Wo ist nun hin die bunte Lust,
des Freundes Trost und treue Brust,
des Weibes süßer Augenschein?
Will keiner mit mir munter sein?

Da's nun so stille auf der Welt,
ziehn Wolken einsam über's Feld,
und Feld und Baum besprechen sich -
O Menschenkind! was schauert dich?

Wie weit die falsche Welt auch sei,
bleibt mir doch einer nur getreu,
der mit mir weint, der mit mir wacht,
wenn ich nur recht an ihn gedacht.

Frischauf denn, liebe Nachtigall,
du Wasserfall mit hellem Schall!
Gott loben wollen wir vereint,
bis dass der lichte Morgen scheint!

Waldeinsamkeit
Joseph von Eichendorff

Waldeinsamkeit,
du grünes Revier,
wie liegt so weit
die Welt von hier!
Schlaf nur, wie bald
kommet der Abend schön,
durch den stillen Wald
die Quellen gehn,
die Mutter Gottes wacht,
mit ihrem Sternenkleid
bedeckt sie dich sacht
in der Waldeinsamkeit,
gute Nacht, gute Nacht! -

Mondnacht
Joseph von Eichendorff

Es war, als hätt' der Himmel
die Erde still geküsst,
dass sie im Blütenschimmer
von ihm nun träumen müsst'.

Die Luft ging durch die Felder,
die Ähren wogten sacht,
es rauschten leis die Wälder,
so sternklar war die Nacht.

Und meine Seele spannte
weit ihre Flügel aus,
flog durch die stillen Lande,
als flöge sie nach Haus.

Wer auf den Wogen schliefe
Joseph von Eichendorff

Wer auf den Wogen schliefe,
ein sanft gewiegtes Kind,
kennt nicht des Lebens Tiefe,
vor süßem Träumen blind.

Doch wen die Stürme fassen
zu wildem Tanz und Fest,
wen hoch auf dunklen Straßen
die falsche Welt verlässt:

Der lernt sich wacker rühren,
durch Nacht und Klippen hin,
lernt das Steuer führen
mit sichrem, ernstem Sinn.

Der ist vom echten Kerne,
erprobt zu Lust und Pein,
der glaubt an Gott und Sterne,
der soll mein Schiffmann sein!

Wär's dunkel, läg ich im Walde
Joseph von Eichendorff

Wär's dunkel, läg ich im Walde,
im Walde rauscht's so sacht,
mit ihrem Sternenmantel
bedecket mich da die Nacht,
da kommen die Bächlein gegangen:
Ob ich schon schlafen tu?
Ich schlaf nicht, ich hör noch lange
den Nachtigallen zu,
wenn die Gipfel über mir schwanken,
es klinget die ganze Nacht,
das sind im Herzen die Gedanken,
die singen, wenn niemand wacht.

In goldner Morgenstunde
Joseph von Eichendorff

In goldner Morgenstunde,
weil alles freudig stand,
da ritt im heitern Grunde
ein Ritter über Land.

Rings sangen auf das Beste
die Vöglein mannigfalt',
es schüttelte die Äste
vor Lust der grüne Wald.

Den Nacken stolz gebogen,
klopft er dem Rösselein -
so ist er hingezogen
tief in den Wald hinein.

Sein Ross hat er getrieben,
ihn trieb der frische Mut:
"Ist alles fern geblieben,
so ist mir wohl und gut!"

Mit Freuden musst' er sehen
im Wald ein' grüne Au,
wo Brünnlein kühle gehen,
von Blumen rot und blau.

Vom Ross ist er gesprungen,
legt sich zum kühlen Bach,
die Wellen lieblich klungen,
das ganze Herz zog nach.

So grüne war der Rasen,
es rauschte Bach und Baum,
sein Ross tät stille grasen
und alles wie im Traum.

Die Wolken sah er gehen,
die schifften immerzu,
er konnt' nicht widerstehen -
die Augen sank'n ihm zu.

Nun hört' er Stimmen rinnen,
als wie der Liebsten Gruß,
er konnt' sich nicht besinnen -
bis ihn erweckt ein Kuss.

Wie prächtig glänzt die Aue!
Wie Gold der Quell nun floss,
und einer süßen Fraue
lag er im weichen Schoß.

"Herr Ritter! Wollt Ihr wohnen
bei mir im grünen Haus:
Aus allen Blumenkronen
wind ich Euch einen Strauß!

Der Wald ringsum wird wachen,
wie wir beisammen sein,
der Kuckuck schelmisch lachen,
und alles fröhlich sein."

Es bog ihr Angesichte
auf ihn den süßen Leib,
schaut mit den Augen lichte
das wunderschöne Weib.

Sie nahm sein'n Helm herunter,
löst Krause ihm und Bund,
spielt mit den Locken munter,
küsst ihm den roten Mund.

Und spielt' viel' süße Spiele
wohl in geheimer Lust,
es flog so kühl und schwüle
ihm um die offne Brust.

Um ihn nun tät sie schlagen
die Arme weich und bloß,
er konnte nichts mehr sagen,
sie ließ ihn nicht mehr los.

Und diese Au zur Stunde
ward ein kristall'nes Schloss,
der Bach: ein Strom gewunden
ringsum gewaltig floss.

Auf diesem Strome gingen
viel' Schiffe wohl vorbei,
es konnt' ihn keines bringen
aus böser Zauberei.

Die Nachtblume
Joseph von Eichendorff

Nacht ist wie ein stilles Meer,
Lust und Leid und Liebesklagen
kommen so verworren her
in dem linden Wellenschlagen.

Wünsche wie die Wolken sind,
schiffen durch die stillen Räume,
wer erkennt im lauen Wind,
ob's Gedanken oder Träume? -

Schließ ich nun auch Herz und Mund,
die so gern den Sternen klagen:
Leise doch im Herzensgrund
bleibt das linde Wellenschlagen.

Schlafe, Liebchen
Joseph von Eichendorff

Schlafe, Liebchen, weil's auf Erden
nun so still und seltsam wird!
Oben geht die goldne Herde,
für uns alle wacht der Hirt.

In der Ferne ziehn Gewitter;
einsam auf dem Schifflein schwank
greif ich draußen in die Zither,
weil mir gar so schwül und bang.

Schlingend sich an Bäum' und Zweigen,
in dein stilles Kämmerlein,
wie auf goldnen Leitern, steigen
diese Töne aus und ein.

Und ein wunderschöner Knabe
schifft hoch über Tal und Kluft,
rührt mit seinem goldnen Stabe
säuselnd in der lauen Luft.

Und in wunderbaren Weisen,
singt er ein uraltes Lied,
das in linden Zauberkreisen
hinter seinem Schifflein zieht.

Ach, den süßen Klang verführet
weit der buhlerische Wind,
und durch Schloss und Wand ihn spüret
träumend jedes schöne Kind.

Tag und Nacht

Abend

Joseph von Eichendorff

Gestürzt sind die goldnen Brücken
und unten und oben so still!
Es will mir nichts mehr glücken,
ich weiß nicht mehr, was ich will.

Von üppig blühenden Schmerzen
rauscht eine Wildnis im Grund,
da spielt wie in wahnsinnigen Schmerzen
das Herz an dem schwindligen Schlund. -

Die Felsen möchte ich packen
vor Zorn und Wehe und Lust,
und unter den brechenden Zacken
begraben die wilde Brust.

Da kommt der Frühling gegangen,
wie ein Spielmann aus alter Zeit,
und singt von uralten Verlangen
so treu durch die Einsamkeit.

Und über mir Lerchenlieder
und unter mir Blumen bunt,
so werf ich im Grase mich nieder
und weine aus Herzensgrund.

Da fühl ich ein tiefes Entzücken,
nun weiß ich wohl, was ich will,
es bauen sich andere Brücken,
das Herz wird auf einmal still.

Der Abend streut rosige Flocken,
verhüllet die Erde nun ganz,
und durch des Schlummernden Locken
ziehn Sterne den heiligen Kranz.

Der Einsiedler

Joseph von Eichendorff

Komm, Trost der Welt, du stille Nacht!
Wie steigst du von den Bergen sacht,
die Lüfte alle schlafen,
ein Schiffer nur noch, wandermüd,
singt übers Meer sein Abendlied
zu Gottes Lob im Hafen.

Die Jahre wie die Wolken gehn
und lassen mich hier einsam stehn;
die Welt hat mich vergessen,
da tratst du wunderbar zu mir,
wenn ich beim Waldesrauschen hier
gedankenvoll gesessen.

O Trost der Welt, du stille Nacht!
Der Tag hat mich so müd gemacht,
das weite Meer schon dunkelt,
lass ausruhn mich von Lust und Not,
bis dass das ew'ge Morgenrot
den stillen Wald durchfunkelt.

Die Abendglocken klangen
Joseph von Eichendorff

Die Abendglocken klangen
schon durch das stille Tal,
da saßen wir zusammen
da droben wohl hundertmal.

Und unten war's so stille
im Land weit und breit,
nur über uns die Linde
rauscht' durch die Einsamkeit.

Was gehen die Glocken heute,
als ob ich weinen müsst'?
Die Glocken, die bedeuten,
dass mein Lieb' gestorben ist.

Ich wollt', ich läg' begraben,
und über mir rauscht' weit
die Linde jeden Abend
von der alten, schönen Zeit!

Wie schön hier zu verträumen
die Nacht im stillen Wald,
wenn in den dunklen Bäumen
das alte Märchen hallt.

Die Berg im Mondesschimmer
wie in Gedanken stehn,
und durch verworrne Trümmer
die Quellen klagend gehn.

Denn müd' ging auf den Matten
die Schönheit nun zur Ruh,
es deckt mit kühlen Schatten
die Nacht das Liebchen zu.

Das ist das irre Klagen
in stiller Waldespracht,
die Nachtigallen schlagen
von ihr die ganze Nacht.

Die Stern' gehen auf und nieder -
wann kommst du, Morgenwind,
und hebst die Schatten wieder
von dem verträumten Kind?

Schon rührt sich's in den Bäumen,
die Lerche weckt sie bald -
so will ich treu verträumen
die Nacht im stillen Wald.

Schlaf
Theodor Fontane

Nun trifft es mich, wie's jeden traf,
ich liege wach, es meidet mich der Schlaf,
nur im Vorübergehn flüstert er mir zu:
"Sei nicht in Sorg', ich sammle deine Ruh
und tret ich eh'stens wieder in dein Haus,
so zahl ich alles dir auf einmal aus."

Tag und Nacht

An den Mond
Johann Wolfgang von Goethe

Füllest wieder Busch und Tal
still mit Nebelglanz,
lösest endlich auch einmal
meine Seele ganz;
breitest über mein Gefild'
lindernd deinen Blick,
wie des Freundes Auge mild
über mein Geschick.
Jeden Nachklang fühlt mein Herz
froh und trüber Zeit,
wandle zwischen Freud und Schmerz
in der Einsamkeit.
Fließe, fließe, lieber Fluss!
Nimmer werd ich froh;
so verrauschte Scherz und Kuss
und die Treue so.
Ich besaß es doch einmal,
was so köstlich ist!
Dass man doch zu seiner Qual
nimmer es vergisst!

Rausche, Fluss, das Tal entlang,
ohne Rast und Ruh,
rausche, flüstre meinem Sang
Melodien zu,
wenn du in der Winternacht
wütend überschwillst,
oder um die Frühlingspracht
junger Knospen quillst.
Selig, wer sich vor der Welt
ohne Hass verschließt,
einen Freund am Busen hält
und mit dem genießt,
was, von Menschen nicht gewusst,
oder nicht bedacht,
durch das Labyrinth der Brust
wandelt in der Nacht.

Nachtgesang
Johann Wolfgang von Goethe

0 gib vom weichen Pfühle,
träumend, ein halb' Gehör!
Bei meinem Saitenspiele
schlafe! was willst du mehr?

Bei meinem Saitenspiele
segnet der Sterne Heer
die ewigen Gefühle;
schlafe! was willst du mehr?

Die ewigen Gefühle
heben mich, hoch und hehr,
aus irdischem Gewühle;
schlafe! was willst du mehr?

Vom irdischen Gewühle
trennst du mich nur zu sehr,
bannst mich in diese Kühle;
schlafe! was willst du mehr?

Bannst mich in diese Kühle,
gibst nur im Traum Gehör.
Ach, auf dem weichen Pfühle
schlafe! was willst du mehr?

Nachtlied
Johann Wolfgang von Goethe

Über allen Gipfeln
ist Ruh,
in allen Wipfeln
spürest du
kaum einen Hauch;
die Vögelein schweigen im Walde.
Warte nur, balde
ruhest auch du.

Schlafen, Schlafen ...
Friedrich Hebbel

Schlafen, Schlafen, nichts als Schlafen!
Kein Erwachen, keinen Traum!
Jener Wehen, die mich trafen,
leisestes Erinnern kaum,
dass ich, wenn des Lebens Fülle
niederklingt in meine Ruh,
nur noch tiefer mich verhülle,
fester zu die Augen tu!

Nachtgefühl
Friedrich Hebbel

Wenn ich mich abends entkleide,
gemachsam, Stück für Stück,
so tragen die müden Gedanken
mich vorwärts oder zurück.

Ich denke der alten Tage,
da zog die Mutter mich aus;
sie legte mich still in die Wiege,
die Winde brausten ums Haus.

Ich denke der letzten Stunde,
da werden's die Nachbarn tun;
sie senken mich still in die Erde,
dann werde ich lange ruhn.

Schließt nun der Schlaf mein Auge,
wie träum ich so oftmals das:
Es wäre eins von beidem,
nur wüsst' ich selber nicht, was.

Nachts
Friedrich Hebbel

Die dunkle Nacht hüllt Berg und Tal,
ringsum die tiefste Stille;
die Sterne zittern allzumal
in ihrer Wolkenhülle;
der Mond mit seinem roten Schein
blickt in den finstern Bach hinein,
der sich durch Binsen windet.

Ich schreite in die Nacht hinaus,
entgegen jenem Schimmer,
der aus dem forstverlornen Haus
sich stiehlt mit schwachem Flimmer.
Jetzt lischt's mit einmal aus, das Licht,
ich seh es, doch mich kümmert's nicht;
je dunkler, umso besser.

Du glaubst, zum Liebchen schleich ich mich?
Die könnt' ich näher haben:
Nach jenem Kirchhof weis' ich dich,
dort liegt sie längst begraben.
Dies aber ist das kleine Haus,
da ging sie eh'mals ein und aus
in seligen süßen Stunden.

Nun tut's mir wohl, den Weg zu gehn,
wo ich mich oft entzückte,
das kleine Fenster anzusehn,
wo ich sie sonst erblickte;
die Bank zu grüßen, wo sie saß,
den Busch, von dem sie Beeren las,
die Blumen, die sie noch pflanzte.

Die Weihe der Nacht
Friedrich Hebbel

Nächtliche Stille!
Heilige Fülle,
wie von göttlichem Segen schwer,
säuselt aus ewiger Ferne daher.
Was da lebte,
was aus engem Kreise
auf ins Weite strebte,
sanft und leise
sank es in sich selbst zurück
und quillt auf in unbewusstem Glück.
Und von allen Sternen nieder
strömt ein wunderbarer Segen,
dass die müden Kräfte wieder
sich in neuer Frische regen,
und aus seinen Finsternissen
tritt der Herr, so weit er kann,
und die Fäden, die zerrissen,
knüpft er alle wieder an.

Auf ein schlummerndes Kind
Friedrich Hebbel

Wenn ich, o Kindlein, vor dir stehe,
wenn ich im Traum dich lächeln sehe,
wenn du erglühst so wunderbar,
da ahne ich mit süßem Grauen:
Dürft' ich in deine Träume schauen,
so wär' mir alles, alles klar!

Dir ist die Erde noch verschlossen,
du hast noch keine Lust genossen,
noch ist kein Glück, was du empfingst;
wie könntest du so süß denn träumen,
wenn du nicht noch in jenen Räumen,
woher du kamest, dich ergingst?

Spuk
Friedrich Hebbel

Ich blicke hinab in die Gasse;
dort drüben hat sie gewohnt!
Das öde, verlassene Fenster,
wie hell bescheint's der Mond.

Es gibt so viel zu beleuchten;
o holde Strahlen des Lichts,
was webt ihr denn gespenstisch
um jene Stätte des Nichts?

Nachtlied
Friedrich Hebbel

Quellende, schwellende Nacht,
voll von Lichtern und Sternen:
In den ewigen Fernen,
sage, was ist da erwacht?

Herz in der Brust wird beengt,
steigendes, neigendes Leben,
riesenhaft fühle ich's weben,
welches das meine verdrängt.

Schlaf, da nahst du dich leis',
wie dem Kinde die Amme,
und um die dürftige Flamme
ziehst du den schützenden Kreis.

Wie der Mond sich leuchtend dränget
Heinrich Heine

Wie der Mond sich leuchtend dränget
durch den dunklen Wolkenflor,
also taucht aus dunklen Zeiten
mir ein lichtes Bild hervor.

Saßen all auf dem Verdecke,
fuhren stolz hinab den Rhein,
und die sommergrünen Ufer
glühn im Abendsonnenschein.

Sinnend saß ich zu den Füßen
einer Dame, schön und hold;
in ihr liebes, bleiches Antlitz
spielt' das rote Sonnengold.

Lauten klangen, Buben sangen,
wunderbare Fröhlichkeit!
Und der Himmel wurde blauer,
und die Seele wurde weit.

Märchenhaft vorüberzogen
Berg und Burgen, Wald und Au -
und das alles sah ich glänzen
in dem Aug' der schönen Frau.

Still ist die Nacht
Heinrich Heine

Still ist die Nacht, es ruhen die Gassen,
in diesem Hause wohnte mein Schatz;
sie hat schon längst die Stadt verlassen,
doch steht noch das Haus auf demselben Platz.

Da steht auch ein Mensch und starrt in die Höhe,
und ringt die Hände vor Schmerzensgewalt;
mir graust es, wenn ich sein Antlitz sehe -
der Mond zeigt mir meine eig'ne Gestalt.

Du Doppelgänger! Du bleicher Geselle!
Was äffst du nach mein Liebesleid,
das mich gequält auf dieser Stelle,
so manche Nacht in alter Zeit?

Untergang der Sonne

Heinrich Heine

Die schöne Sonne
ist ruhig hinabgestiegen ins Meer;
die wogenden Wasser sind schon gefärbt
von der dunklen Nacht,
nur noch die Abendröte
überstreut sie mit goldnen Lichtern;
und die rauschende Flutgewalt
drängt ans Ufer die weißen Wellen,
die lustig und hastig hüpfen,
wie wollige Lämmerherden,
die abends der singende Hirtenjunge
nach Hause treibt.

Wie schön ist die Sonne!
So sprach nach langem Schweigen der Freund,
der mit mir am Strande wandelte,
und scherzend halb und halb wehmütig,
versichert' er mir: die Sonne sei
eine schöne Frau, die den alten Meergott
aus Konvenienz geheiratet;
des Tages über wandle sie freudig
am hohen Himmel, purpurgeputzt,
und diamantenblitzend,
und allgeliebt und allbewundert
von allen Weltkreaturen,
und alle Weltkreaturen erfreuend
mit ihres Blickes Licht und Wärme;
aber des Abends, trostlos gezwungen,
kehre sie wieder zurück
in das nasse Haus, in die öden Arme
des greisen Gemahls.

"Glaub mir's" - setzte hinzu der Freund,
und lachte und seufzte und lachte wieder -
"Die führen dort unten die zärtlichste Ehe!
Entweder sie schlafen oder sie zanken sich,
dass hoch aufbraust hier oben das Meer
und der Schiffer im Wellengeräusch es hört,
wie der Alte sein Weib ausschilt:
"Runde Metze des Weltalls!
Strahlenbuhlende!
Den ganzen Tag glühst du für andre,
und nachts, für mich, bist du frostig und müde!"

Nach solcher Gardinenpredigt,
versteht sich! bricht dann aus in Tränen
die stolze Sonne und klagt ihr Elend,
und klagt so jammerlang, dass der Meergott
plötzlich verzweiflungsvoll aus dem Bett springt
und schnell nach der Meeresfläche heraufschwimmt,
um Luft und Besinnung zu schöpfen.

So sah ich ihn selbst, verflossene Nacht,
bis an die Brust dem Meer enttauchen.
Er trug eine Jacke von gelbem Flanell
und eine lilienweiße Schlafmütz'
und ein abgewelktes Gesicht."

Nächtliche Fahrt

Heinrich Heine

Es wogte das Meer, aus dem dunklen Gewölk
der Halbmond lugte scheu;
und als wir stiegen in den Kahn,
wir waren unsrer drei.

Es plätschert' im Wasser des Ruderschlags
verdrossenes Einerlei;
weiß schäumende Wellen rauschten heran,
bespritzten uns alle drei.

Sie stand im Kahn so blass, so schlank,
und unbeweglich dabei,
als wär sie ein welsches Marmorbild,
Dianens Konterfei.

Der Mond verbirgt sich ganz. Es pfeift
der Nachtwind kalt vorbei;
hoch über unsern Häuptern ertönt
plötzlich ein gellender Schrei.

Die weiße, gespenstische Möwe war's,
und ob dem bösen Schrei,
der schauerlich klang wie Warnungsruf,
erschraken wir alle drei.

Bin ich im Fieber? Ist das ein Spuk
der nächtlichen Fantasei?
Äfft mich ein Traum? Es träumet mir
grausame Narretei.

Grausame Narretei! Mir träumt,
dass ich ein Heiland sei,
und dass ich trüge das große Kreuz
geduldig und getreu.

Die arme Schönheit ist schwer bedrängt,
ich aber mache sie frei
von Schmach und Sünde, von Qual und Not,
von der Welt Unfläterei.

Du arme Schönheit, schaudre nicht
wohl ob der bittern Arznei;
ich selber kredenze dir den Tod,
bricht auch mein Herz entzwei.

O Narretei, grausamer Traum,
Wahnsinn und Raserei!
Es gähnt die Nacht, es kreischt das Meer,
O Gott, o steh mir bei!

O steh mir bei, barmherziger Gott!
Barmherziger Gott Schaddai!
Da schollert's hinab ins Meer - O weh -
Schaddai! Schaddai! Adonai! -

Die Sonne ging auf, wir fuhren ans Land,
da blühte und glühte der Mai!
Und als wir stiegen aus dem Kahn,
da waren wir unsrer zwei:

Abendfantasie
Friedrich Hölderlin

Vor seiner Hütte ruhig im Schatten sitzt
der Pflüger, dem Genügsamen raucht sein Herd.
Gastfreundlich tönt dem Wanderer im
friedlichen Dorfe die Abendglocke.

Wohl kehren itzt die Schiffer zum Hafen auch,
in fernen Städten, fröhlich verrauscht des Markts
geschäft'ger Lärm, in stiller Laube
glänzt das gesellige Mahl den Freunden.
Wohin denn ich? Es leben die Sterblichen
von Lohn und Arbeit; wechselnd in Müh und Ruh
ist alles freudig; warum schläft denn
nimmer nur mir in der Brust der Stachel?
Am Abendhimmel blühet ein Frühling auf;
unzählig blühn die Rosen und ruhig scheint
die goldne Welt; o dorthin nimmt mich
purpurne Wolken! Und möge droben
in Licht und Luft zerrinnen mir Lieb' und Leid! -
Doch, wie verscheucht von töriger Bitte, flieht
der Zauber; dunkel wird's und einsam
unter dem Himmel, wie immer, bin ich -
Komm du nun, sanfter Schlummer! Zu viel begehrt
das Herz; doch endlich, Jugend! Verglühst du ja,
du ruhelose, träumerische!
Friedlich und heiter ist dann das Alter.

Tag und Nacht

Um Mitternacht
Eduard Mörike

Gelassen stieg die Nacht ans Land,
lehnt träumend an der Berge Wand,
ihr Auge sieht die goldne Waage nun
der Zeit in gleichen Schalen stille ruhn;
und kecker rauschen die Quellen hervor,
sie singen der Mutter, der Nacht, ins Ohr
vom Tage,
vom heute gewesenen Tage.

Das uralt alte Schlummerlied,
sie achtet's nicht, sie ist es müd;
ihr klingt des Himmels Bläue süßer noch,
der flücht'gen Stunden gleichgeschwung'nes Joch.
Doch immer behalten die Quellen das Wort,
es singen die Wasser im Schlafe noch fort
vom Tage,
vom heute gewesenen Tage.

In der Frühe
Eduard Mörike

Kein Schlaf noch kühlt das Auge mir,
dort gehet schon der Tag herfür
an meinem Kammerfenster.
Es wühlet mein verstörter Sinn
noch zwischen Zweifeln her und hin
und schaffet Nachtgespenster.
Ängste, quäle
dich nicht länger, meine Seele!
Freu dich! Schon sind da und dorten
Morgenglocken wach geworden.

An die Nacht
Rainer Maria Rilke

Einmal nahm ich zwischen meine Hände
dein Gesicht. Der Mond fiel darauf ein.
Unbegreiflichster der Gegenstände
unter überfließendem Gewein.

Wie ein williges, das still besteht,
beinah war es wie ein Ding zu halten.
Und doch war kein Wesen in der kalten
Nacht, das mir unendlicher entgeht.

O da strömen wir zu diesen Stellen,
drängen in die kleine Oberfläche
alle Wellen unsres Herzens,
Lust und Schwäche,
und wem halten wir sie schließlich hin?

Ach dem Fremden, der uns missverstanden,
ach dem andern, den wir niemals fanden,
denen Knechten, die uns banden,
Frühlingswinden, die damit entschwanden,
und der Stille, der Verliererin.

An den Engel
Rainer Maria Rilke

Starker, stiller, an den Rand gestellter
Leuchter: oben wird die Nacht genau.
Wir vergeben uns in unerhellter
Zögerung an deinem Unterbau.

Unser ist: den Ausgang nicht zu wissen
aus dem drinnen irrlichen Bezirk,
du erscheinst auf unsern Hindernissen
und beglühst sie wie ein Hochgebirg'.

Deine Lust ist über unserm Reiche,
und wir fassen kaum den Niederschlag;
wie die reine Nacht der Frühlingsgleiche
stehst du teilend zwischen Tag und Tag.

Wer vermöchte je dir einzuflößen
von der Mischung, die uns heimlich trübt?
Du hast Herrlichkeit von allen Größen,
und wir sind am Kleinlichsten geübt.

Wenn wir weinen, sind wir nichts als rührend,
wo wir anschaun, sind wir höchstens wach;
unser Lächeln ist nicht weit verführend,
und verführt es selbst, wer geht ihm nach?

Irgendeiner. Engel, klag ich?
Doch wie wäre denn die Klage mein?
Ach, ich schreie, mit zwei Hölzern schlag ich
und ich meine nicht, gehört zu sein.

Dass ich lärme, wird an dir nicht lauter,
wenn du mich nicht fühltest, weil ich bin.
Leuchte, leuchte! Mach mich angeschauter
bei den Sternen. Denn ich schwinde hin.

Tag und Nacht

Nachthimmel und Sternenfall
Rainer Maria Rilke

Der Himmel, groß, voll herrlicher Verhaltung,
ein Vorrat Raum, ein Übermaß von Welt.
Und wir, zu ferne für die Angestaltung,
zu nahe für die Abkehr hingestellt.

Da fällt ein Stern! Und unser Wunsch an ihn,
bestürzten Aufblicks, dringend Angeschlossen:
Was ist begonnen und was ist verflossen?
Was ist verschuldet? Und was ist verziehn?

Abends
Theodor Storm

Die Drossel singt, im Garten scheint der Mond;
halb träumend schwankt im Silberschein die Rose.
Der Abendfalter schwingt sich sacht heran,
im Flug zu ruhn an ihrem zarten Moose.

Nun schwirrt er auf - doch sieh! Er muss zurück;
die Rose zwingt ihn mit gefeiltem Zügel.
An ihrem Kelche hängt der Schmetterling,
vergessend sich und seine bunten Flügel.

Die Drossel singt, im Garten scheint der Mond;
halb träumend wiegst du dich in meinen Armen.
O gönne mir der Lippen feuchte Glut,
erschließ den Rosenkelch, den liebewarmen!

Du bist die Blume, die mich einzig reizt!
Dein heller Blick ist ein gefeiter Zügel!
An deinen Lippen hängt der Schmetterling,
sich selbst vergessend und die bunten Flügel.

Wer nicht will, wird nicht zunichte
Wilhelm Busch

Wer nicht will, wird nicht zunichte,
kehrt beständig wieder heim.
Frisch herauf zum alten Lichte
dringt der alte Lebenskeim.

Keiner fürchte zu versinken,
der ins tiefe Dunkel fährt.
Tausend Möglichkeiten winken
ihm, der gerne wiederkehrt.

Dennoch seh ich dich erheben,
eh' du in die Urne langst.
Weil du bange vor dem Leben,
hast du vor dem Tode Angst.

Dauerhaftem schlechten Wetter
Wilhelm Busch

Dauerhaftem schlechten Wetter
musst du mit Geduld begegnen.
Mach es wie die Schöppenstetter:
Regnet es, so lass es regnen!

Älter als die Schwestern alle
Wilhelm Busch

Älter als die Schwestern alle,
aber dennoch blieb ich jung.
Wem ich einmal nur gefalle,
weiß, ich heiß Erinnerung.

Scheint dir auch mal das Leben rau,
sei still und zage nicht.
Die Zeit, die alte Bügelfrau,
macht alles wieder schlicht.

Wenn mir mal ein Malheur passiert
Wilhelm Busch

Wenn mir mal ein Malheur passiert,
ich weiß, so bist du sehr gerührt.
Du denkst, es wäre doch fatal,
passierte dir das auch einmal.
Doch weil das böse Schmerzensding
zum Glück an dir vorüberging,
so ist die Sache anderseits
für dich nicht ohne allen Reiz.
Du merkst, dass die Bedauerei
so eine Art von Wonne sei.

Trost und Gottvertrauen

Hab Sonne im Herzen
Cäsar Flaischlein

Hab Sonne im Herzen,
ob's stürmt oder schneit,
ob der Himmel voll Wolken,
die Erde voll Streit!
Hab Sonne im Herzen,
dann komme, was mag!
Das leuchtet voll Licht dir
den dunkelsten Tag.

Hab ein Lied auf den Lippen,
mit fröhlichem Klang
und macht auch des Alltags
Gedränge dich bang!
Hab ein Lied auf den Lippen,
dann komme, was mag!
Das hilft dir verwinden
den einsamsten Tag!

Hab ein Wort auch für andre
in Sorg und in Pein
und sag, was dich selber
so frohgemut lässt sein:
Hab ein Lied auf den Lippen,
verlier nie den Mut,
hab Sonne im Herzen
und alles wird gut!

Immer enger, leise, leise
Theodor Fontane

Immer enger, leise, leise,
ziehen sich die Lebenskreise,
schwindet hin, was prahlt und prunkt,
schwindet Hoffen, Hassen, Lieben
und ist nichts in Sicht geblieben
als der letzte dunkle Punkt.

Tröste dich, die Stunden eilen
Theodor Fontane

Tröste dich, die Stunden eilen,
und was all' dich drücken mag,
auch die schlimmste kann nicht weilen,
und es kommt ein andrer Tag.

In dem ew'gen Kommen, Schwinden,
wie der Schmerz liegt auch das Glück,
und auch heitre Bilder finden
ihren Weg zu dir zurück.

Harre, hoffe! Nicht vergebens
zählest du der Stunden Schlag:
Wechsel ist das Los des Lebens,
und es kommt ein andrer Tag.

Es ist der Glaub' ein schöner Regenbogen
Emanuel Geibel

Es ist der Glaub' ein schöner Regenbogen,
der zwischen Erd und Himmel
aufgezogen,
ein Trost für alle,
doch für jeden Wandrer
je nach der Stelle, da er steht,
ein andrer.

Kannst dem Schicksal widerstehen
Johann Wolfgang von Goethe

Kannst dem Schicksal widerstehen,
aber manchmal gibt es Schläge;
will's nicht aus dem Wege gehen,
Ei! so geh du aus dem Wege!

Das sind die Starken
Franz Grillparzer

Das sind die Starken,
die unter Tränen lachen,
eig'ne Sorgen verbergen
und andre fröhlich machen.

Den bängsten Traum begleitet
Friedrich Hebbel

Den bängsten Traum begleitet
ein heimliches Gefühl,
dass alles nichts bedeutet
und wär uns noch so schwül.
Da spielt in unser Weinen
ein Lächeln hold hinein,
ich aber möchte meinen,
so sollt' es immer sein!

Wie von den einzelnen Mühen
Friedrich Hebbel

Wie von den einzelnen Mühen
und Lasten des Lebens im Schlummer,
ruht man vom Leben selbst
endlich im Tode sich aus.

Trost und Gottvertrauen

Tröste dich in deinem Leid
Hoffmann von Fallersleben

Tröste dich in deinem Leid,
das dir Gott beschieden!
Ist doch nur Vergänglichkeit
unser Los hienieden.

Eh' das Leben oft beginnt,
ist es schon vergangen;
mitten in dem Leben sind
wir vom Tod umfangen.

Arm und Reich und Alt und Jung,
was sich liebt' und freute,
Hoffnung, Freud', Erinnerung
wird des Todes Beute.

Tröste dich, du liebes Herz!
Groß ist Gottes Güte,
groß und größer als dein Schmerz –
dass dich Gott behüte!

Nichts hat in der Welt Bestand
Hoffmann von Fallersleben

Nichts hat in der Welt Bestand:
Was da kommt, muss scheiden
und so reichen sich die Hand
immer Freud' und Leiden.

Werde heiter, mein Gemüte
Hoffmann von Fallersleben

Werde heiter, mein Gemüte,
und vergiss der Angst und Pein!
Groß ist Gottes Gnad' und Güte,
groß muss auch dein Hoffen sein.

Kommt der helle goldne Morgen
nicht hervor aus dunkler Nacht?
Lag nicht einst im Schnee verborgen
dieses Frühlings Blütenpracht?

Durch die Finsternis der Klagen
bricht der Freude Morgenstern;
bald wird auch dein Morgen tagen:
Gottes Güt' ist nimmer fern.

Muss man von Freuden scheiden
Hoffmann von Fallersleben

Muss man von Freuden scheiden
in schöner Sommerzeit
und, was uns lieb war, meiden,
das ist ein herbes Leid.
Doch kann ein Trost hienieden
versüßen uns den Schmerz:
Was Schönes uns beschieden,
behält ein dankbar' Herz.

Willkommen, schöne Stunden!
Mögt ihr euch bald erneun,
dass wir so treu verbunden
uns wiederum erfreun.
Wir wollen sein zufrieden
mit dem, was Gott verlieh;
ist auch die Zeit geschieden,
das Schöne scheidet nie.

Dankbar sei mit Herz und Munde!
Hoffmann von Fallersleben

Dankbar sei mit Herz und Munde!
Und so kehret leicht zurück
jede schöne, frohe Stunde,
alles, was dir war ein Glück.

Und die dunklen Tage malen
schön sich im Erinnerungsschein,
wie die Abendwolken strahlen
golden in die Welt hinein.

Und du fühlst, was du besessen,
ist doch dein für immerdar;
nein, du kannst es nicht vergessen,
was dir lieb und heilig war.

Dankbar sei mit Herz und Munde!
Dankbar heut und allezeit!
Dir auch manche schöne Stunde
die Erinnerung verleiht.

Oft muss man erst durch Wolken dringen
Hoffmann von Fallersleben

Oft muss man erst durch Wolken dringen,
eh' man des Himmels Blau entdeckt:
So lässt das Gute sich erringen,
weil sich das Beste nur versteckt.

Alles kann ich wiedergeben
Hoffmann von Fallersleben

Alles kann ich wiedergeben,
was verlor ein redlich Herz.
Freudenreich bleibt stets mein Leben,
Freude tausch ich ein um Schmerz.

Mein ist, was dir längst entschwunden,
froh verweb ich Zeit um Zeit
und ich trag in trüben Stunden
stets ein Regenbogenkleid.

Wie dunkle Nacht, sie ist verschwunden-
Hoffmann von Fallersleben

Wie dunkle Nacht, sie ist verschwunden,
verschwunden ist das bange Leid;
es mahnen euch die heitern Stunden,
dass ihr wie sie auch heiter seid.
Bei diesem schönen Sonnenschein,
wer möchte da nicht fröhlich sein!

Zählt man die Zeit im Jahr
Justinus Kerner

Zählt man die Zeit im Jahr,
drin freudevoll war ein Herz,
sind's wen'ge Tage nur,
die andern trug es Schmerz.

Zählt man die Zeit im Jahr
drin blau der Himmel blieb,
sind's wen'ge Tage nur,
die andern waren trüb.

Drum, da der Himmel selbst
so oft in Tränen steht,
klag nimmer, Menschenherz,
dass dir's nicht besser geht.

Nach den Tränen stellt im Leben
Justinus Kerner

Nach den Tränen stellt im Leben
sich oft auch das Lachen ein;
Tränen haben auch die Reben,
aber trotz der Tränen geben
sie den lust'gen, gold'nen Wein.

Solang noch Berg' und Tale blühn
Justinus Kerner

Solang noch Berg' und Tale blühn,
durch sie melodisch Flüsse ziehn,
ein Vogel hoch im Blauen schwebt,
Goldähren licht im Westhauch wallen,
Gebirge stehn, Alphörner schallen:
Hat diese Welt nicht ausgelebt.
Und was die Menschen tun und treiben,
ob frei sie oder Knechte bleiben,
dem Frühling gräbt es sich nicht ein.
Kein Treiber bringt mich je in Zweifel
- ist er ein Teufel aller Teufel -,
er ändert nicht der Sonne Schein.

Sahst du ein Glück vorübergehn
Nikolaus Lenau

Sahst du ein Glück vorübergehn,
das nie sich wieder findet,
ist's gut, in einen Strom zu sehn,
wo alles wogt und schwindet.

Hinträumend wird Vergessenheit
des Herzens Wunde schließen;
die Seele sieht mit ihrem Leid
sich selbst vorüberfließen.

Es gibt noch Wunder, liebes Herz
Christian Morgenstern

Es gibt noch Wunder, liebes Herz,
getröste dich!
Erlöste dich
noch nie ein Stern aus deinem Schmerz,
des Strahlenspiel
vom hohen Zelt
in deiner Qualen
Tiefe fiel
und sprach: "Sieh, wie ich zu dir kam
vor allen andern ganz allein!
Du liebes Herz, wirf ab den Gram,
bin ich nicht dein?
Getröste dich!"

Weißt du, was in dieser Welt
Friedrich von Logau

Weißt du, was in dieser Welt
mir am meisten wohlgefällt?
Dass die Zeit sich selbst verzehret
und die Welt nicht ewig währet.

Ich sage dir als tröstlich' Wort
Christian Morgenstern

Ich sage dir als tröstlich' Wort,
wie eins aufs andre ist gestellt.
Denk einen Punkt des Ganzen fort,
du denkst dich selber aus der Welt.

Trost
Eduard Mörike

Ja, mein Glück, das lang gewohnte,
endlich hat es mich verlassen!
- Ja, die liebsten Freunde seh ich
achselzuckend von mir weichen,
und die gnadenreichen Götter,
die am besten Hilfe wüssten,
kehren höhnisch mir den Rücken.
Was beginnen? Werd ich etwa,
meinen Lebenstag verwünschend,
rasch nach Gift und Messer greifen?
Das sei ferne! Vielmehr muss man
stille sich im Herzen fassen.

Und ich sprach zu meinem Herzen:
Lass uns fest zusammenhalten!
Denn wir kennen uns einander,
wie ihr Nest die Schwalbe kennet,
wie die Zither kennt den Sänger,
wie sich Schwert und Schild erkennen,
Schild und Schwert einander lieben.
Solch ein Paar, wer scheidet es?

Als ich dieses Wort gesprochen,
hüpfte mir das Herz im Busen,
das noch erst geweint hatte.

Warte! Du erlebst es noch
Friedrich Rückert

Warte! Du erlebst es noch,
dass der Frühling wiederkehrt.
Hoffen alle Bäume doch,
die des Herbstes Wind verheert.
Hoffen mit der stillen Kraft
ihrer Knospen winterlang,
bis sich wieder regt der Saft
und ein neues Grün entsprang.

Trost und Gottvertrauen

Oft denk ich, sie sind nur ausgegangen

Friedrich Rückert

Oft denk ich, sie sind nur ausgegangen,
bald werden sie wieder nach Hause gelangen;
der Tag ist schön, so sei nicht bang,
sie machen nur einen weiten Gang.

Jawohl, sie sind nur ausgegangen
und werden jetzt nach Haus gelangen;
o sei nicht bang, der Tag ist schön,
sie machen den Gang zu jenen Höh'n.

Sie sind uns nur vorausgegangen
und werden nicht hier nach Haus verlangen;
wir holen sie ein auf jenen Höh'n
im Sonnenschein, der Tag ist schön.

So komme, was da kommen mag!

Theodor Storm

So komme, was da kommen mag!
Solang du lebst, ist es Tag.
Und geht es in die Welt hinaus,
wo du mir bist, bin ich zu Haus.
Ich seh dein liebes Angesicht,
ich seh die Schatten der Zukunft nicht.

Zu Bacharach am Rheine
Clemens Brentano

Zu Bacharach am Rheine
wohnt' eine Zauberin,
sie war so schön und feine
und riss viel' Herzen hin.

Und brachte viel' zu Schanden
der Männer rings umher,
aus ihren Liebesbanden
war keine Rettung mehr.

Der Bischof ließ sie laden
vor geistliche Gewalt -
und musste sie begnaden,
schön war ihr' Gestalt.

Er sprach zu ihr gerühret:
"Du arme Lore Lay!
Wer hat dich denn verführet
zu böser Zauberei?"

"Herr Bischof, lasst mich sterben,
ich bin des Lebens müd',
weil jeder muss verderben,
der meine Augen sieht.

Die Augen sind zwei Flammen,
mein Arm ein Zauberstab -
o legt mich in die Flammen!
0 brechet mir den Stab!"

"Ich kann dich nicht verdammen,
bis du mir erst bekennt,
warum in diesen Flammen
mein eigen Herz schon brennt.

Den Stab kann ich nicht brechen,
du schöne Lore Lay!
Ich müsste dann zerbrechen
mein eigen Herz entzwei."

"Herr Bischof, mit mir Armen
treibt nicht so bösen Spott,
und bittet um Erbarmen,
für mich den lieben Gott.

Ich darf nicht länger leben,
ich liebe keinen mehr -
den Tod sollt Ihr mir geben,
drum kam ich zu Euch her.

Mein Schatz hat mich betrogen,
hat sich von mir gewandt,
ist fort von hier gezogen,
fort in ein fremdes Land.

Die Augen sanft und wilde,
die Wangen rot und weiß,
die Worte still und milde,
das ist mein Zauberkreis.

Ich selbst muss drin verderben,
das Herz tut mir so weh,
vor Schmerzen möchte' ich sterben,
wenn ich mein Bildnis seh.

Drum lasst mein Recht mich finden,
mich sterben, wie ein Christ,
denn alles muss verschwinden,
weil er nicht bei mir ist."

Drei Ritter lässt er holen:
"Bringt sie ins Kloster hin,
geh Lore! - Gott befohlen
sei dein berückter Sinn.

Du sollst ein Nönnchen werden,
ein Nönnchen schwarz und weiß,
bereite dich auf Erden
zu deines Todes Reis'."

Zum Kloster sie nun ritten,
die Ritter alle drei,
und traurig in der Mitten
die schöne Lore Lay.

"0 Ritter, lasst mich gehen,
auf diesen Felsen groß,
ich will noch einmal sehen
nach meines Lieben Schloss.

Ich will noch einmal sehen
wohl in den tiefen Rhein,
und dann ins Kloster gehen
und Gottes Jungfrau sein."

Der Felsen ist so jähe,
so steil ist seine Wand,
doch klimmt sie in die Höhe,
bis dass sie oben stand.

Es binden die drei Ritter
die Rosse unten an,
und klettern immer weiter
zum Felsen auch hinan.

Die Jungfrau sprach: "Da gehet
ein Schifflein auf dem Rhein,
der in dem Schifflein stehet,
der soll mein Liebster sein.

Mein Herz wird mir so munter,
er muss mein Liebster sein!
Da lehnt sie sich hinunter
und stürzet in den Rhein.

Die Ritter mussten sterben,
sie konnten nicht hinab,
sie mussten all' verderben,
ohn' Priester und ohn' Grab.

Wer hat dies Lied gesungen?
Ein Schiffer auf dem Rhein,
und immer hat's geklungen
von dem Dreiritterstein:

Lore Lay
Lore Lay
Lore Lay

Als wären es meiner drei.

John Maynard
Theodor Fontane

John Maynard!
“Wer ist John Maynard?”
“John Maynard war unser Steuermann,
aus hielt er, bis er das Ufer gewann,
er hat uns gerettet, er trägt die Kron’,
er starb für uns, unsre Liebe sein Lohn.
John Maynard.”

Die “Schwalbe” fliegt über den Eriesee,
Gischt schäumt um den Bug wie Flocken von Schnee;
von Detroit fliegt sie nach Buffalo -
die Herzen aber sind frei und froh,
und die Passagiere mit Kindern und Frau’n
im Dämmerlicht schon das Ufer schaun,
und plaudernd an John Maynard heran
tritt alles: “Wie weit noch, Steuermann?”
Der schaut nach vorn und schaut in die Rund’:
“Noch dreißig Minuten ... halbe Stund’.”

Alle Herzen sind froh, alle Herzen sind frei -
da klingt’s aus dem Schiffsraum her wie Schrei,
“Feuer!” war es, was da klang,
ein Qualm aus Kajüt’ und Luke drang,
ein Qualm, dann Flammen lichterloh,
und noch zwanzig Minuten bis Buffalo.

Und die Passagiere, bunt gemengt,
am Bugspriet stehn sie zusammengedrängt,
am Bugspriet vorn ist noch Luft und Licht,
am Steuer aber lagert sich’s dicht,
und ein Jammern wird laut: “Wo sind wir? Wo?”
Und noch fünfzehn Minuten bis Buffalo. -

Der Zugwind wächst, doch die Qualmwolke steht,
der Kapitän nach dem Steuer späht,
er sieht nicht mehr seinen Steuermann,
aber durchs Sprachrohr fragt er an:

"Noch da, John Maynard?"
"Ja, Herr. Ich bin."
"Auf den Strand! In die Brandung!"
"Ich halte drauf hin."
Und das Schiffsvolk jubelt: "Halt aus! Hallo!"
Und noch zehn Minuten bis Buffalo. -

"Noch da, John Maynard?" Und Antwort schallt's
mit ersterbender Stimme: "Ja, Herr, ich halt's!"
Und in die Brandung, was Klippe, was Stein,
jagt er die "Schwalbe" mitten hinein.
Soll Rettung kommen, so kommt sie nur so.
Rettung: der Strand von Buffalo!

Das Schiff geborsten. Das Feuer verschwelt,
Gerettet alle. Nur einer fehlt!
Alle Glocken gehn; ihre Töne schwell'n
himmelan aus Kirchen und Kapell'n,
ein Klingen und Läuten, sonst schweigt die Stadt,
ein Dienst nur, den sie heute hat:
Zehntausend folgen oder mehr,
und kein Aug' im Zuge, das tränenleer.

Sie lassen den Sarg in Blumen hinab,
mit Blumen schließen sie das Grab,
und mit goldner Schrift in den Marmorstein
schreibt die Stadt ihren Dankspruch ein:
"Hier ruht John Maynard! In Qualm und Brand
hielt er das Steuer fest in der Hand,
er hat uns gerettet, er trägt die Kron',
er starb für uns, unsre Liebe sein Lohn.
John Maynard."

Der König in Thule
Johann Wolfgang von Goethe

Es war ein König in Thule,
gar treu bis an das Grab,
dem sterbend seine Buhle
einen goldnen Becher gab.

Es ging ihm nichts darüber,
er leert' ihn jeden Schmaus;
die Augen gingen ihm über,
so oft er trank daraus.

Und als er kam zu sterben,
zählt' er seine Städt' im Reich,
gönnt' alles seinem Erben,
den Becher nicht zugleich.

Er saß beim Königsmahle,
die Ritter um ihn her,
auf hohem Vätersaale,
dort auf dem Schloss am Meer.

Dort stand der alte Zecher,
trank letzte Lebensglut,
und warf den heil'gen Becher
hinunter in die Flut.

Er sah ihn stürzen, trinken
und sinken tief ins Meer.
Die Augen täten ihm sinken;
trank nie einen Tropfen mehr.

Der Fischer
Johann Wolfgang von Goethe

Das Wasser rauscht', das Wasser schwoll,
ein Fischer saß daran,
sah nach dem Angel ruhevoll,
kühl bis ans Herz hinan.
Und wie er sitzt und wie er lauscht,
teilt sich die Flut empor;
aus dem bewegten Wasser rauscht
ein feuchtes Weib hervor.

Sie sang zu ihm, sie sprach zu ihm:
Was lockst du meine Brut
mit Menschenwitz und Menschenlist
hinauf in Todesglut?
Ach wüsstest du, wie's Fischlein ist
so wohlig auf dem Grund,
du stiegst herunter wie du bist,
und würdest erst gesund.

Labt sich die liebe Sonne nicht,
der Mond sich nicht im Meer?
Kehrt wellenatmend ihr Gesicht
nicht doppelt schöner her?
Lockt dich der tiefe Himmel nicht,
das feuchtverklärte Blau?
Lockt dich dein eigen Angesicht
nicht her in ew'gen Tau?

Das Wasser rauscht', das Wasser schwoll,
netzt' ihm den nackten Fuß;
sein Herz wuchs ihm so sehnsuchtsvoll,
wie bei der Liebsten Gruß.
Sie sprach zu ihm, sie sang zu ihm;
da war's um ihn geschehn:
Halb zog sie ihn, halb sank er hin,
und ward nicht mehr gesehn.

Erlkönig
Johann Wolfgang von Goethe

Wer reitet so spät durch Nacht und Wind?
Es ist der Vater mit seinem Kind;
er hat den Knaben wohl in dem Arm,
er fasst ihn sicher, er hält ihn warm.

Mein Sohn, was birgst du so bang dein Gesicht? -
Siehst, Vater, du den Erlkönig nicht?
Den Erlenkönig mit Kron' und Schweif? -
Mein Sohn, es ist ein Nebelstreif. -

"Du liebes Kind, komm, geh mit mir!
Gar schöne Spiele spiel ich mit dir;
manch bunte Blumen sind an dem Strand;
meine Mutter hat manch gülden Gewand."

Mein Vater, mein Vater, und hörest du nicht,
was Erlenkönig mir leise verspricht? -
Sei ruhig, bleibe ruhig, mein Kind;
in dürren Blättern säuselt der Wind. -

"Willst, feiner Knabe, du mit mir gehn?
Meine Töchter sollen dich warten schön;
meine Töchter führen den nächtlichen Reihn,
und wiegen und tanzen und singen dich ein."

Mein Vater, mein Vater, und siehst du nicht dort
Erlkönigs Töchter am düstern Ort? -
Mein Sohn, mein Sohn, ich seh es genau;
es scheinen die alten Weiden so grau. -

"Ich liebe dich, mich reizt deine schöne Gestalt;
und bist du nicht willig, so brauch ich Gewalt."
Mein Vater, mein Vater, jetzt fasst er mich an!
Erlkönig hat mir ein Leids getan! -

Dem Vater grauset's, er reitet geschwind,
er hält in den Armen das ächzende Kind,
erreicht den Hof mit Mühe und Not;
in seinen Armen das Kind war tot.

Der Sänger
Johann Wolfgang von Goethe

Was hör ich draußen vor dem Tor,
was auf der Brücke schallen?
Lass den Gesang vor unserm Ohr
im Saale widerhallen!
Der König sprach's, der Page lief;
der Knabe kam, der König rief:
Lasst mir herein den Alten!

Gegrüßet seid mir, edle Herrn,
gegrüßet ihr, schöne Damen!
Welch reicher Himmel! Stern bei Stern!
Wer kennet ihre Namen?
Im Saal voll Pracht und Herrlichkeit
schließt, Augen, euch; hier ist nicht Zeit,
sich staunend zu ergetzen.

Der Sänger drückt' die Augen ein,
und schlug in vollen Tönen;
die Ritter schauten mutig drein,
und in den Schoß die Schönen.
Der König, dem das Lied gefiel,
ließ, ihn zu ehren für sein Spiel,
eine goldne Kette holen.

Die goldne Kette gib mir nicht,
die Kette gib den Rittern,
vor deren kühnem Angesicht
der Feinde Lanzen splittern;
gib sie dem Kanzler, den du hast,
und lass ihn noch die goldne Last
zu andern Lasten tragen.

Ich singe, wie der Vogel singt,
der in den Zweigen wohnet;
das Lied, das aus der Kehle dringt,
ist Lohn, der reichlich lohnet.
Doch darf ich bitten, bitt ich eins:
Lass mir den besten Becher Weins
in purem Golde reichen.

Er setzt' ihn an und trank ihn aus:
O Trank voll süßer Labe!
O wohl dem hoch beglückten Haus,
wo das ist kleine Gabe!
Ergeht's euch wohl, so denkt an mich,
und danket Gott so warm, als ich
für diesen Trunk euch danke.

Der Zauberlehrling
Johann Wolfgang von Goethe

Hat der alte Hexenmeister
sich doch einmal wegbegeben!
Und nun sollen seine Geister
auch nach meinem Willen leben.
Seine Wort' und Werke
merkt' ich und den Brauch,
und mit Geistesstärke
tu ich Wunder auch.

Walle! walle
manche Strecke,
dass, zum Zwecke,
Wasser fließe,
und mit reichem vollem Schwalle
zu dem Bade sich ergieße.

Und nun komm, du alter Besen!
Nimm die schlechten Lumpenhüllen;
bist schon lange Knecht gewesen;
nun erfülle meinen Willen!
Auf zwei Beinen stehe,
oben sei ein Kopf,
eile nun und gehe
mit dem Wassertopf!

Walle! walle
manche Strecke,
dass, zum Zwecke,
Wasser fließe,
und mit reichem vollem Schwalle
zu dem Bade sich ergieße.

Seht, er läuft zum Ufer nieder;
wahrlich! ist schon an dem Flusse,
und mit Blitzesschnelle wieder
ist er hier mit raschem Gusse.
Schon zum zweiten Male!
Wie das Becken schwillt!
Wie sich jede Schale
voll mit Wasser füllt!

Stehe! stehe!
Denn wir haben
deiner Gaben
vollgemessen! -
Ach, ich merk es! Wehe! ehe!
Hab ich doch das Wort vergessen!

Ach das Wort, worauf am Ende
er das wird, was er gewesen.
Ach, er läuft und bringt behände!
Wärst du doch der alte Besen!
Immer neue Güsse
bringt er schnell herein,
ach! und hundert Flüsse
stürzen auf mich ein.

Nein, nicht länger
kann ich's lassen;
will ihn fassen.
Das ist Tücke!
Ach! nun wird mir immer bänger!
Welche Miene! Welche Blicke!

0, du Ausgeburt der Hölle!
Soll das ganze Haus ersaufen?
Seh ich über jede Schwelle
doch schon Wasserströme laufen.
Ein verruchter Besen,
der nicht hören will!
Stock, der du gewesen,
steh doch wieder still!

Willst's am Ende
gar nicht lassen?
Will dich fassen,
Will dich halten,
und das alte Holz behände
mit dem scharfen Beile spalten.

Seht, da kommt er schleppend wieder!
Wie ich mich nur auf dich werfe,
gleich, o Kobold, liegst du nieder;
krachend trifft die glatte Schärfe.
Wahrlich! brav getroffen!
Seht, er ist entzwei!
Und nun kann ich hoffen,
und ich atme frei!

Wehe! Wehe! Beide Teile
stehn in Eile
schon als Knechte
völlig fertig in die Höhe!
Helft mir, ach! Ihr hohen Mächte!

Und sie laufen! Nass und nässer
wird's im Saal und auf den Stufen.
Welch entsetzliches Gewässer!
Herr und Meister! Hör mich rufen! -
Ach, da kommt der Meister!
Herr, die Not ist groß!
Die ich rief, die Geister,
werd ich nun nicht los.

"In die Ecke,
Besen! Besen!
Seid's gewesen.
Denn als Geister
ruft euch nur, zu seinem Zwecke,
erst hervor der alte Meister."

Belsatzar
Heinrich Heine

Die Mitternacht zog näher schon;
in stummer Ruh lag Babylon.
Nur oben in des Königs Schloss,
da flackert's, da lärmt des Königs Tross.
Dort oben in dem Königssaal,
Belsatzar hielt sein Königsmahl.
Die Knechte saßen in schimmernden Reih'n,
und leerten die Becher mit funkelndem Wein.
Es klirrten die Becher, es jauchzten die Knecht';
so klang es dem störrigen König recht.
Des Königs Wangen leuchten Glut;
im Wein erwuchs ihm kecker Mut.
Und blindlings reißt der Mut ihn fort;
und er lästert die Gottheit mit sündigem Wort.
Und er brüstet sich frech, und lästert wild;
die Knechtenschar ihm Beifall brüllt.
Der König rief mit stolzem Blick;
der Diener eilt und kehrt zurück.
Er trug viel gülden Gerät auf dem Haupt;
das war aus dem Tempel Jehovahs geraubt.
Und der König ergriff mit frevler Hand
einen heiligen Becher, gefüllt bis am Rand.
Und er leert ihn hastig bis auf den Grund,
und rufet laut mit schäumendem Mund:
Jehovah! Dir künd ich auf ewig Hohn -
ich bin der König von Babylon!
Doch kaum das grause Wort verklang,
dem König ward's heimlich im Busen bang.
Das gellende Lachen verstummte zumal;
es wurde leichenstill im Saal.
Und sieh! Und sieh! An weißer Wand,
da kam's hervor wie Menschenhand;
und schrieb, und schrieb an weißer Wand
Buchstaben von Feuer, und schrieb und schwand.

Der König stieren Blicks da saß,
mit schlotternden Knien und totenblass.
Die Knechtenschar saß kalt durchgraut,
und saß gar still, gab keinen Laut.
Die Magier kamen, doch keiner verstand
zu deuten die Flammenschrift an der Wand.
Belsatzar ward aber in selbiger Nacht
von seinen Knechten umgebracht.

Die Nixen
Heinrich Heine

Am einsamen Strande plätschert die Flut,
der Mond ist aufgegangen,
auf weißer Düne der Ritter ruht,
von bunten Träumen befangen.

Die schönen Nixen, im Schleiergewand,
entsteigen der Meerestiefe.
Sie nahen sich leise dem jungen Fant,
sie glaubten wahrhaftig, er schliefe.

Die eine betastet mit Neubegier
die Federn auf seinem Barette.
Die andre nestelt am Bandelier
und an der Waffenkette.

Die Dritte lacht und ihr Auge blitzt,
sie zieht das Schwert aus der Scheide,
und auf dem blanken Schwert gestützt
beschaut sie den Ritter mit Freude.

Die Vierte tänzelt wohl hin und her
und flüstert aus tiefem Gemüte:
“O, dass ich doch dein Liebchen wär,
du holde Menschenblüte!”

Die Fünfte küsst des Ritters Händ’,
mit Sehnsucht und Verlangen;
die Sechste zögert und küsst am End’
die Lippen und die Wangen.

Der Ritter ist klug, es fällt ihm nicht ein,
die Augen öffnen zu müssen;
er lässt sich ruhig im Mondenschein
von schönen Nixen küssen.

Die Lorelei
Heinrich Heine

Ich weiß nicht, was soll es bedeuten,
dass ich so traurig bin;
ein Märchen aus alten Zeiten,
das kommt mir nicht aus dem Sinn.

Die Luft ist kühl und es dunkelt,
und ruhig fließt der Rhein;
der Gipfel des Berges funkelt
im Abendsonnenschein.

Die schönste Jungfrau sitzet
dort oben wunderbar;
ihr goldnes Geschmeide blitzet,
sie kämmt ihr goldenes Haar.

Sie kämmt es mit goldenem Kamme
und singt ein Lied dabei;
das hat eine wundersame,
gewaltige Melodei.

Den Schiffer im kleinen Schiffe
ergreift es mit wildem Weh;
er schaut nicht die Felsenriffe,
er schaut nur hinauf in die Höh'.

Ich glaube, die Wellen verschlingen
am Ende Schiffer und Kahn;
und das hat mit ihrem Singen
die Lorelei getan.

Der Werwolf
Christian Morgenstern

Ein Werwolf eines Nachts entwich
von Weib und Kind und sich begab
an eines Dorfschullehrers Grab
und bat ihn: "Bitte beuge mich!"

Der Dorfschulmeister stieg hinauf
auf seines Blechschilds Messingknauf
und sprach zum Wolf, der seine Pfoten
geduldig kreuzte vor dem Toten:

"Der Werwolf", sprach der gute Mann,
"des Weswolfs, Genitiv sodann,
dem Werwolf, Dativ, wie man's nennt,
den Werwolf, - damit hat's ein End."

Dem Werwolf schmeichelten die Fälle,
er rollte seine Augenbälle.
"Indessen", bat er, "füge doch
zur Einzahl auch die Mehrzahl noch!"

Der Dorfschulmeister aber musste
gestehn, dass er von ihr nichts wusste.
Zwar Wölfe gäb's in großer Schar,
doch "Wer" gäb's nur im Singular.

Der Wolf erhob sich tränenblind -
er hatte ja doch Weib und Kind!
Doch da er kein Gelehrter eben,
so schied er dankend und ergeben.

Der Feuerreiter
Eduard Mörike

Sehet ihr am Fensterlein
dort die rote Mütze wieder?
Nicht geheuer muss es sein,
denn er geht schon auf und nieder.
Und auf einmal, welch Gewühle
bei der Brücke, nach dem Feld!
Horch! Das Feuerglöcklein gellt:
Hinterm Berg,
hinterm Berg
brennt es in der Mühle!

Schaut! Da sprengt er wütend schier
durch das Tor, der Feuerreiter,
auf dem rippendürren Tier,
als auf einer Feuerleiter!
Querfeldein! Durch Qualm und Schwüle
rennt er schon, und ist am Ort!
Drüben schallt es fort und fort:
Hinterm Berg,
hinterm Berg
brennt es in der Mühle!

Der so oft den roten Hahn
meilenweit von fern gerochen,
mit des heil'gen Kreuzes Span
freventlich die Glut besprochen -
weh! dir grinst vom Dachgestühle
dort der Feind im Höllenschein.
Gnade Gott der Seele dein!
Hinterm Berg,
hinterm Berg
rast er in der Mühle!

Keine Stunde hielt es an,
bis die Mühle borst in Trümmer;
doch den kecken Reitersmann
sah man von der Stunde nimmer.
Volk und Wagen im Gewühle
kehren heim von all dem Graus;
Auch das Glöcklein klinget aus:
Hinterm Berg,
hinterm Berg
brennt's! -

Nach der Zeit ein Müller fand
ein Gerippe samt der Mützen
aufrecht an der Kellerwand
auf der beinern Mähre sitzen:
Feuerreiter, wie so kühle
reitest du in deinem Grab!
Husch! Da fällt's in Asche ab.
Ruhe wohl,
ruhe wohl
drunten in der Mühle!

Die schlimme Gret und der Königssohn
Eduard Mörike

“Gott grüß dich, junge Müllerin!
Heut wehen die Lüfte wohl schön?”
“Lasst sie wehen von Morgen und Abend,
meine leere Mühle zu drehn!”

“Die stangenlangen Flügel,
sie haspeln dir eitel Wind?”
“Der Herr ist tot, die Frau ist tot,
da feiert das Gesind’.”

“So tröste sich Leid mit Leide!
Wir wären wohl gesellt:
Ich irr, ein armer Königssohn,
landflüchtig durch die Welt.

Und drunten an dem Berge
die Hütte dort ist mein;
da liegt auch meine Krone,
Geschmuck und Edelstein.

Willt meine Liebste heißen,
so sage, wie und wann,
an Tagen und in Nächten,
ich zu dir kommen kann?”

“Ich bind’ eine güldne Pfeife
wohl an den Flügel hin,
dass sie sich helle hören lässt,
wann ich daheime bin.

Doch wollt Ihr bei mir wohnen,
sollt mir willkommen sein:
Mein Haus ist groß und weit mein Hof,
da wohn’ ich ganz allein.”

Der Königssohn mit Freuden
ihr folget in ihr Haus;
sie tischt ihm auf, kein Edelhof
vermöchte so stattlichen Schmaus:

Schwarzwild und Rebhuhn, Fisch und Met;
er fragt nicht lang woher.
Sie zeigt so stolze Sitten,
des wundert er sich sehr.

Die erste Nacht, da er kost mit ihr,
in das Ohr ihm sagte sie: “Wisst,
eine Jungfrau muss ich bleiben,
so lieb Euer Leben Euch ist!”

Einstmals, da kam der Königssohn
zu Mittag von der Jagd,
unfrohgemut, doch barg er sich,
sprach lachend zu seiner Magd:

“Die Leute sagten mir neue Mär
von dir, und böse dazu;
Sankt Jörgens Drach’ war minder schlimm,
wenn man sie hört, denn du.”

“Sie sagen, dass ich ein falsches Ding,
dass ich eine Hexe sei?”
“Nun ja, mein Schatz, so sprechen sie!
Eine Hexe, meiner Treu’!

Ich dachte: wohl, ihr Narren,
ihr lüget nicht daran;
mit den schwarzen Augen, aufs erste Mal,
hat sie mir’s angetan.

Und länger ruh ich keinen Tag,
bis dass ich König bin,
und morgen zieh ich auf die Fahrt:
Aufs Jahr bist du Königin!”

Sie blitzt ihn an wie Wetterstrahl,
sie blickt ihn an so schlau:
“Du lügst in deinen Hals hinein!
Du willt keine Hexe zur Frau.

Du willt dich von mir scheiden;
das mag ja wohl geschehn:
Sollt aber von der schlimmen Gret
noch erst ein Prob’stück sehn.”

“Ach, Liebchen, ach, wie hebet sich,
wie wallet dein schwarzes Haar!
Und rühret sich kein Lüftchen doch;
o sage, was es war?

Schon wieder, ach, und wieder!
Du lachest und mir graut:
Es singen deine Zöpfe ... Weh!
Du bist die Windesbraut!”

“Nicht seine Braut, doch ihm vertraut;
meine Sippschaft ist gar groß.
Komm, küsse mich! Ich halte dich
und lasse dich nimmer los!

0 pfui, das ist ein schief’ Gesicht!
Du wirst ja kreideweiß!
Frisch, munter, Prinz! Ich gebe dir
mein bestes Stücklein preis.”

Rührlöffel in der Küch’ sie holt,
Rührlöffel ihrer zwei,
war jeder eine Elle lang,
waren beide nagelneu.

“Was guckst du so erschrocken?
Denkst wohl, es gäbe Streich’?
Nicht doch, Herzliebster, warte nur,
dein Wunder siehst du gleich.”

Auf den obern Boden führt sie ihn:
“Schau, was ein weiter Platz!
Wie ausgeblasen, hübsch und rein!
Hie tanzen wir, mein Schatz.

Schau, was ein Nebel zieht am Berg!
Gib Acht, ich tu ihn ein!”
Sie beugt sich aus dem Laden weit,
die Geister zu bedräun;

sie wirbelt übereinander
ihre Löffel so wunderlich,
sie wickelt den Nebel und wickelt,
und wirft ihn hinter sich.

Sie langt hervor ein Saitenspiel,
sah wie ein Hackbrett aus,
sie rühret es nur leise,
es zittert das ganze Haus.

“Teil dich, teil dich, du Wolkendunst!
Ihr Geister, geht herfür!
Lange Männer, lange Weiber,
seid hurtig zu Dienste mir!”

Da fangt es an zu kreisen,
da wallet es hervor,
lange Arme, lange Schleppen,
Und wieget sich im Chor.

“Fasst mir den dummen Jungen da!
Geschwinde wickelt ihn ein!
Er hat mein Herz gekränket,
das soll er mir bereun.”

Den Jüngling von dem Boden hebt’s,
es dreht ihn um und um,
Es trägt ihn als ein Wickelkind
dreimal im Saal herum.

Margret ein Wörtlein murmelt,
klatscht in die Hand dazu:
Da fegt es wie ein Wirbelwind
durchs Fenster fort im Nu.

Und fähret über die Berge,
den Jüngling mitteninn,
und fort bis wo der Pfeffer wächst -
o Knabe, wie ist dir zu Sinn?

Und als er sich besonnen,
lag er im grünen Gras,
hoch oben auf dem Seegestad';
die Liebste bei ihm saß.

Ein Teppich war gebreitet,
köstlich gewirket, bunt,
darauf ein lustig Essen
in blankem Silber stund.

Und als er sich die Augen reibt
und schaut sich um und an,
ist sie wie eine Prinzessin schön,
wie ein Prinz er angetan.

Sie lacht ihn an wie Maienschein,
da sie ihm den Becher beut,
sie legt den Arm um seinen Hals;
vergessen war all sein Leid.

Da ging es an ein Küssen,
er kriegt nicht satt an ihr;
fürwahr ihr güldner Gürtel wär
zu Schaden kommen schier.

"Ach Liebchen, ach, wie wallet hoch
dein schwarzes Ringelhaar!
Warum mich so erschrecken jetzt?
Nun ist meine Freude gar."

"Rück her, rück her, sei nicht so bang!
Nun sollt du erst noch sehn,
wie lieblich meine Arme tun;
komm, es ist gleich geschehn!"

Sie drückt ihn an die Brüste,
der Atem wird ihm schwer;
sie heult ein grausiges Totenlied
und wirft ihn in das Meer.

Die Geister am Mummelsee
Eduard Mörike

Vom Berge was kommt dort um Mitternacht spät
mit Fackeln so prächtig herunter?
Ob das wohl zum Tanze, zum Feste noch geht?
Mir klingen die Lieder so munter.
0 nein!
So sage, was mag es wohl sein?

Das, was du da siehest, ist Totengeleit,
und was du da hörest, sind Klagen.
Dem König, dem Zauberer, gilt es zu Leid,
sie bringen ihn wieder getragen.
0 weh!
So sind es die Geister vom See!

Sie schweben herunter ins Mummelseetal -
sie haben den See schon betreten -
sie rühren und netzen den Fuß nicht einmal -
sie schwirren in leisen Gebeten -
o schau,
am Sarge die glänzende Frau!

Jetzt öffnet der See das grün spiegelnde Tor;
gib Acht, nun tauchen sie nieder!
Es schwankt eine lebende Treppe hervor,
Und - drunten schon summen die Lieder.
Hörst du?
Sie singen ihn unten zur Ruh.

Die Wasser, wie lieblich sie brennen und glühn!
Sie spielen in grünendem Feuer;
es geisten die Nebel am Ufer dahin,
zum Meere verzieht sich der Weiher -
nur still!
Ob dort sich nichts rühren will?

Es zuckt in der Mitten - o Himmel! ach hilf!
Nun kommen sie wieder, sie kommen!
Es orgelt im Rohr und es klirret im Schilf;
nur hurtig, die Flucht nur genommen!
Davon!
Sie wittern, sie haschen mich schon!

Barbarossa
Friedrich Rückert

Der alte Barbarossa,
der Kaiser Friederich,
im unterird'schen Schlosse
hält er verzaubert sich.
Er ist niemals gestorben,
er lebt darin noch jetzt;
er hat im Schloss verborgen
zum Schlaf sich hingesetzt.
Er hat hinabgenommen
des Reiches Herrlichkeit,
und wird einst wiederkommen,
mit ihr, zu seiner Zeit.
Der Stuhl ist elfenbeinern,
darauf der Kaiser sitzt:
Der Tisch ist marmelsteinern,
worauf sein Haupt er stützt.

Sein Bart ist nicht von Flachse,
er ist von Feuersglut,
ist durch den Tisch gewachsen,
worauf sein Kinn ausruht.
Er nickt als wie im Traume,
sein Aug' halb offen zwinkt;
und je nach langem Raume
er einem Knaben winkt.
Er spricht im Schlaf zum Knaben:
Geh hin vors Schloss, o Zwerg,
und sieh, ob noch die Raben
herfliegen um den Berg.
Und wenn die alten Raben
noch fliegen immerdar,
so muss ich auch noch schlafen
verzaubert hundert Jahr.

Der Ring des Polykrates
Friedrich von Schiller

Er stand auf seines Daches Zinnen,
er schaute mit vergnügten Sinnen
auf das beherrschte Samos hin.
“Dies alles ist mir untertänig”,
begann er zu Ägyptens König,
“gestehe, dass ich glücklich bin.”

“Du hast der Götter Gunst erfahren!
Die vormals deinesgleichen waren,
sie zwingt jetzt deines Zepters Macht.
Doch einer lebt noch, sie zu rächen,
dich kann mein Mund nicht glücklich sprechen,
solang des Feindes Auge wacht.”

Und eh’ der König noch geendet,
da stellt sich, von Milet gesendet,
ein Bote dem Tyrannen dar:
“Lass, Herr! des Opfers Düfte steigen
und mit des Lorbeers muntern Zweigen
bekränze dir dein festlich Haar.

Getroffen sank dein Feind vom Speere,
mich sendet mit der frohen Märe
dein treuer Feldherr Polydor -”
und nimmt aus einem schwarzen Becken,
noch blutig, zu der beiden Schrecken,
ein wohl bekanntes Haupt hervor.

Der König tritt zurück mit Grauen:
“Doch warn’ ich dich, dem Glück zu trauen”,
versetzt er mit besorgtem Blick.
“Bedenk, auf ungetreuen Wellen,
wie leicht kann sie der Sturm zerschellen,
schwimmt deiner Flotte zweifelnd’ Glück.”

Und eh’ er noch das Wort gesprochen,
hat ihn der Jubel unterbrochen,
der von der Reede jauchzend schallt.
Mit fremden Schätzen reich beladen,
kehrt zu den heimischen Gestaden
der Schiffe mastenreicher Wald.

Der königliche Gast erstaunet:
“Dein Glück ist heute gut gelaunet,
doch fürchte seinen Unbestand.
Der Kreter waffenkund’ge Scharen
bedräuen dich mit Kriegsgefahren,
schon nahe sind sie diesem Strand.”

Und eh’ ihm noch das Wort entfallen,
da sieht man’s von den Schiffen wallen,
und tausend Stimmen rufen: “Sieg!
Von Feindesnot sind wir befreiet,
die Kreter hat der Sturm zerstreuet,
Vorbei, geendet ist der Krieg.”

Das hört der Gastfreund mit Entsetzen:
“Fürwahr, ich muss dich glücklich schätzen,
doch”, spricht er, “zittr’ ich für dein Heil.
Mir grauet vor der Götter Neide,
des Lebens ungemischte Freude
ward keinem Irdischen zuteil.

Auch mir ist alles wohl geraten,
bei allen meinen Herrschertaten
begleitet’ mich des Himmels Huld,
doch hatt’ ich einen teuren Erben,
den nahm mir Gott, ich sah ihn sterben,
dem Glück bezahlt’ ich meine Schuld.

Drum, willst du dich vor Leid bewahren,
so flehe zu den Unsichtbaren,
dass sie zum Glück den Schmerz verleihn.
Noch keinen sah ich fröhlich enden,
auf den mit immer vollen Händen
die Götter ihre Gaben streun.

Und wenn's die Götter nicht gewähren,
so acht' auf eines Freundes Lehren
und rufe selbst das Unglück her,
und was von allen deinen Schätzen
dein Herz am höchsten mag ergötzen,
das nimm und wirf's in dieses Meer."

Und jener spricht, von Furcht beweget:
"Von allem, was die Insel heget,
ist dieser Ring mein höchstes Gut.
Ihn will ich den Erinnen weihen,
ob sie mein Glück mir dann verzeihen."
Und wirft das Kleinod in die Flut.

Und bei des nächsten Morgens Lichte,
da tritt mit fröhlichem Gesichte
ein Fischer vor den Fürsten hin:
"Herr, diesen Fisch hab ich gefangen,
wie keiner noch ins Netz gegangen,
dir zum Geschenke bring ich ihn."

Und als der Koch den Fisch zerteilet,
kommt er bestürzt herbeigeeilet
und ruft mit hoch erstauntem Blick:
"Sieh, Herr, den Ring, den du getragen,
ihn fand ich in des Fisches Magen,
o, ohne Grenzen ist dein Glück!"

Hier wendet sich der Gast mit Grausen:
"So kann ich hier nicht ferner hausen,
mein Freund kannst du nicht weiter sein.
Die Götter wollen dein Verderben,
fort eil ich, nicht mit dir zu sterben."
Und sprach's und schiffte schnell sich ein.

Der Taucher
Friedrich von Schiller

“Wer wagt es, Rittersmann oder Knapp’,
zu tauchen in diesen Schlund?
Einen goldnen Becher werf ich hinab,
verschlungen schon hat ihn der schwarze Mund.
Wer mir den Becher kann wieder zeigen,
er mag ihn behalten, er ist sein eigen.”

Der König spricht es und wirft von der Höh’
der Klippe, die schroff und steil
hinaushängt in die unendliche See,
den Becher in der Charybde Geheul.
“Wer ist der Beherzte, ich frage wieder,
zu tauchen in diese Tiefe nieder?”

Und die Ritter, die Knappen um ihn her,
vernehmen’s und schweigen still,
sehen hinab in das wilde Meer,
und keiner den Becher gewinnen will.
Und der König zum dritten Mal wieder fraget:
“Ist keiner, der sich hinunterwaget?”

Doch alles noch stumm bleibt wie zuvor,
und ein Edelknecht, sanft und keck,
tritt aus der Knappen zagendem Chor,
und den Gürtel wirft er, den Mantel weg,
und alle die Männer umher und Frauen
auf den herrlichen Jüngling verwundert schauen.

Und wie er tritt an des Felsen Hang,
und blickt in den Schlund hinab,
die Wasser, die sie hinunterschlang,
die Charybde jetzt brüllend wiedergab,
und wie mit des fernen Donners Getose
entstürzen sie schäumend dem finstern Schoße.

Und es wallet und siedet und brauset und zischt,
wie wenn Wasser mit Feuer sich mengt,
bis zum Himmel spritzet der dampfende Gischt,
und Flut auf Flut sich ohn’ Ende drängt,
und will sich nimmer erschöpfen und leeren,
als wollte das Meer noch ein Meer gebären.

Doch endlich, da legt sich die wilde Gewalt,
und schwarz aus dem weißen Schaum
klafft hinunter ein gähnender Spalt,
grundlos, als ging’s in den Höllenraum,
und reißend sieht man die brandenden Wogen
hinab in den strudelnden Trichter gezogen.

Jetzt schnell, eh’ die Brandung wiederkehrt,
der Jüngling sich Gott befiehlt,
und - ein Schrei des Entsetzens wird rings gehört,
und schon hat ihn der Wirbel hinweggespült,
und geheimnisvoll über dem kühnen Schwimmer
schließt sich der Rachen, er zeigt sich nimmer.

Und stille wird’s über dem Wasserschlund,
in der Tiefe nur brauset es hohl,
und bebend hört man von Mund zu Mund:
“Hochherziger Jüngling, fahre wohl!”
Und hohler und hohler hört man’s heulen,
und es harrt noch mit bangem, mit schrecklichem
Weilen.

Und wärfst du die Krone selber hinein
und sprächst: Wer mir bringet die Kron’,
er soll sie tragen und König sein,
mich gelüstete nicht nach dem teuren Lohn.
Was die heulende Tiefe da unten verhehle,
das erzählt keine lebende glückliche Seele.

Wohl manches Fahrzeug, vom Strudel gefasst,
schoss jäh in die Tiefe hinab,
doch zerschmettert nur rangen sich Kiel und Mast
hervor aus dem alles verschlingenden Grab. -
Und heller und heller wie Sturmes Sausen
hört man's näher und immer näher brausen.

Und es wallet und siedet und brauset und zischt,
wie wenn Wasser mit Feuer sich mengt,
bis zum Himmel spritzet der dampfende Gischt,
und Well' auf Well' sich ohn' Ende drängt,
und wie mit des fernen Donners Getose
entstürzt es brüllend dem finstern Schoße.

Und sieh! Aus dem finster flutenden Schoß,
da hebet sich's schwanenweiß,
und ein Arm und ein glänzender Nacken wird bloß,
und es rudert mit Kraft und mit emsigem Fleiß,
und er ist's, und hoch in seiner Linken
schwingt er den Becher mit freudigem Winken.

Und atmete lang und atmete tief
und begrüßte das himmlische Licht.
Mit Frohlocken es einer dem andern rief:
"Er lebt! Er ist da! Es behielt ihn nicht.
Aus dem Grab, aus der strudelnden Wasserhöhle
hat der Brave gerettet die lebende Seele."

Und er kommt, es umringt ihn die jubelnde Schar,
zu des Königs Füßen er sinkt,
den Becher reicht er ihm kniend dar,
und der König der lieblichen Tochter winkt,
die füllt ihn mit funkelndem Wein bis zum Rande,
und der Jüngling sich also zum König wandte:

"Lang lebe der König! Es freue sich,
wer da atmet im rosigten Licht!
Da unten aber ist's fürchterlich,
und der Mensch versuche die Götter nicht,
und begehre nimmer und nimmer zu schauen,
was sie gnädig bedecken mit Nacht und Grauen.

Es riss mich hinunter blitzesschnell,
da stürzt' mir aus felsigem Schacht
wild flutend entgegen ein reißender Quell,
mich packte des Doppelstroms wütende Macht,
und wie einen Kreisel mit schwindelndem Drehen
trieb mich's um, ich konnte nicht widerstehen.

Da zeigte mir Gott, zu dem ich rief
in der höchsten schrecklichen Not,
aus der Tiefe ragend ein Felsenriff,
das erfasst' ich behänd' und entrann dem Tod -
und da hing auch der Becher an spitzen Korallen,
sonst wär er ins Bodenlose gefallen.

Denn unter mir lag's noch, bergetief,
in purpurner Finsternis da,
und ob's hier dem Ohre gleich ewig schlief,
das Auge mit Schaudern hinuntersah,
wie's von Salamandern und Molchen und Drachen
sich regt' in dem furchtbaren Höllenrachen.

Schwarz wimmelten da, in grausem Gemisch,
zu scheußlichen Klumpen geballt,
der stachligte Roche, der Klippenfisch,
des Hammers greuliche Ungestalt,
und dräuend wies mir die grimmigen Zähne
der entsetzliche Hai, des Meeres Hyäne.

Und da hing ich und war's mir mit Grausen bewusst,
von der menschlichen Hilfe so weit,
unter Larven die einzige fühlende Brust,
allein in der grässlichen Einsamkeit,
tief unter dem Schall der menschlichen Rede
bei den Ungeheuern der traurigen Öde.

Und schaudernd dacht ich's, da kroch's heran,
regte hundert Gelenke zugleich,
will schnappen nach mir - in des Schreckens Wahn
lass ich los der Koralle umklammerten Zweig,
gleich fasst mich der Strudel mit rasendem Toben,
doch es war mir zum Heil, er riss mich nach oben."

Der König darob sich verwundert schier
und spricht: "Der Becher ist dein,
und diesen Ring noch bestimm ich dir,
geschmückt mit dem köstlichsten Edelgestein,
versuchst du's noch einmal und bringst mir Kunde,
was du sahst auf des Meers tiefunterstem Grunde."

Das hörte die Tochter mit weichem Gefühl,
und mit schmeichelndem Munde sie fleht:
"Lasst, Vater, genug sein das grausame Spiel!
Er hat Euch bestanden, was keiner besteht,
und könnt Ihr des Herzens Gelüsten nicht zähmen,
so mögen die Ritter den Knappen beschämen."

Drauf der König greift nach dem Becher schnell,
in den Strudel ihn schleudert hinein:
“Und schaffst du den Becher mir wieder zur Stell’,
so sollst du der trefflichste Ritter mir sein
und sollst sie als Eh’gemahl heut noch umarmen,
die jetzt für dich bittet mit zartem Erbarmen.”

Da ergreift’s ihm die Seele mit Himmelsgewalt,
und es blitzt aus den Augen ihm kühn,
und er siehet erröten die schöne Gestalt
und sieht sie erbleichen und sinken hin -
da treibt’s ihn, den köstlichen Preis zu erwerben,
und stürzt hinunter auf Leben und Sterben.

Wohl hört man die Brandung, wohl kehrt sie zurück,
sie verkündigt der donnernde Schall,
da bückt sich’s hinunter mit liebendem Blick:
Es kommen, es kommen die Wasser all,
sie rauschen herauf, sie rauschen nieder,
den Jüngling bringt keines wieder.

Der Handschuh
Friedrich von Schiller

Vor seinem Löwengarten,
das Kampfspiel zu erwarten,
saß König Franz,
und um ihn die Großen der Krone,
und rings auf hohem Balkone
die Damen in schönem Kranz.

Und wie er winkt mit dem Finger,
auf tut sich der weite Zwinger,
und hinein mit bedächtigem Schritt
ein Löwe tritt,
und sieht sich stumm
rings um,
mit langem Gähnen,
und schüttelt die Mähnen,
und streckt die Glieder,
und legt sich nieder.

Und der König winkt wieder,
da öffnet sich behänd'
ein zweites Tor,
daraus rennt
mit wildem Sprunge
ein Tiger hervor.
Wie der den Löwen erschaut,
brüllt er laut,
schlägt mit dem Schweif
einen furchtbaren Reif,
und recket die Zunge,
und im Kreise scheu
umgeht er den Leu
grimmig schnurrend;
drauf streckt er sich murrend
zur Seite nieder.

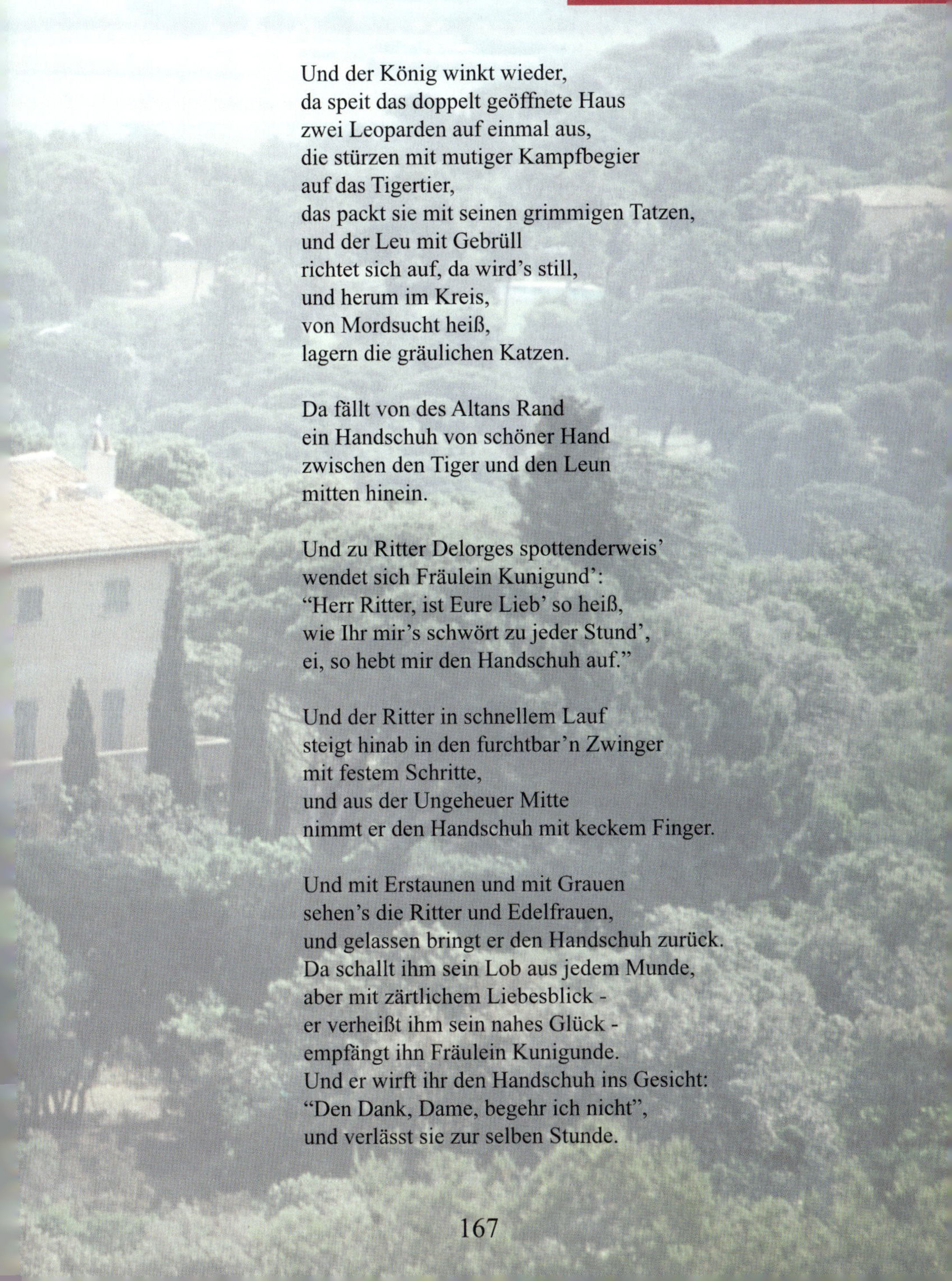

Und der König winkt wieder,
da speit das doppelt geöffnete Haus
zwei Leoparden auf einmal aus,
die stürzen mit mutiger Kampfbegier
auf das Tigertier,
das packt sie mit seinen grimmigen Tatzen,
und der Leu mit Gebrüll
richtet sich auf, da wird's still,
und herum im Kreis,
von Mordsucht heiß,
lagern die gräulichen Katzen.

Da fällt von des Altans Rand
ein Handschuh von schöner Hand
zwischen den Tiger und den Leun
mitten hinein.

Und zu Ritter Delorges spottenderweis'
wendet sich Fräulein Kunigund':
"Herr Ritter, ist Eure Lieb' so heiß,
wie Ihr mir's schwört zu jeder Stund',
ei, so hebt mir den Handschuh auf."

Und der Ritter in schnellem Lauf
steigt hinab in den furchtbar'n Zwinger
mit festem Schritte,
und aus der Ungeheuer Mitte
nimmt er den Handschuh mit keckem Finger.

Und mit Erstaunen und mit Grauen
sehen's die Ritter und Edelfrauen,
und gelassen bringt er den Handschuh zurück.
Da schallt ihm sein Lob aus jedem Munde,
aber mit zärtlichem Liebesblick -
er verheißt ihm sein nahes Glück -
empfängt ihn Fräulein Kunigunde.
Und er wirft ihr den Handschuh ins Gesicht:
"Den Dank, Dame, begehr ich nicht",
und verlässt sie zur selben Stunde.

Die Kraniche des Ibykus
Friedrich von Schiller

Zum Kampf der Wagen und Gesänge,
der auf Korinthus' Landesenge
der Griechen Stämme froh vereint,
zog Ibykus, der Götterfreund.
Ihm schenkte des Gesanges Gabe,
der Lieder süßen Mund Apoll;
so wandert' er, an leichtem Stabe,
aus Rhegium, des Gottes voll.

Schon winkt auf hohem Bergesrücken
Akrokorinth des Wandrers Blicken,
und in Poseidons Fichtenhain
tritt er mit frommem Schauder ein.
Nichts regt sich um ihn her, nur Schwärme
von Kranichen begleiten ihn,
die fernhin nach des Südens Wärme
in graulichtem Geschwader ziehn.

"Seid mir gegrüßt, befreund'te Scharen!
Die mir zur See Begleiter waren,
zum guten Zeichen nehm ich euch,
mein Los, es ist dem euren gleich.
Von fern her kommen wir gezogen
und flehen um ein wirtlich Dach.
Sei uns der Gastliche gewogen,
der von dem Fremdling wehrt die Schmach!"

Und munter fördert er die Schritte,
und sieht sich in des Waldes Mitte,
da sperren, auf gedrangem Steg,
zwei Mörder plötzlich seinen Weg.
zum Kampfe muss er sich bereiten.
Doch bald ermattet sinkt die Hand,
sie hat der Leier zarte Saiten,
doch nie des Bogens Kraft gespannt.

Er ruft die Menschen an, die Götter,
sein Flehen dringt zu keinem Retter,
wie weit er auch die Stimme schickt,
nichts Lebendes wird hier erblickt.
"So muss ich hier verlassen sterben,
auf fremdem Boden, unbeweint,
durch böser Buben Hand verderben,
wo auch kein Rächer mir erscheint!"

Und schwer getroffen sinkt er nieder,
da rauscht der Kraniche Gefieder,
er hört, schon kann er nicht mehr sehn,
die nahen Stimmen furchtbar krähn.
"Von euch, ihr Kraniche dort oben,
wenn keine andre Stimme spricht,
sei meines Mordes Klag' erhoben!"
Er ruft es, und sein Auge bricht.

Der nackte Leichnam wird gefunden,
und bald, obgleich entstellt von Wunden,
erkennt der Gastfreund in Korinth
die Züge, die ihm teuer sind.
"Und muss ich so dich wiederfinden,
und hoffte mit der Fichte Kranz
des Sängers Schläfe zu umwinden,
bestrahlt von seines Ruhmes Glanz!"

Und jammernd hören's alle Gäste,
versammelt bei Poseidons Feste,
ganz Griechenland ergreift der Schmerz,
verloren hat ihn jedes Herz;
und stürmend drängt sich zum Prytanen
das Volk, es fordert seine Wut,
zu rächen des Erschlag'nen Manen,
zu sühnen mit des Mörders Blut.

Doch wo die Spur, die aus der Menge,
der Völker flutendem Gedränge,
gelocket von der Spiele Pracht,
den schwarzen Täter kenntlich macht?
Sind's Räuber, die ihn feig erschlagen?
Tat's neidisch ein verborg'ner Feind?
Nur Helios vermag's zu sagen,
der alles Irdische bescheint.

Er geht vielleicht mit frechem Schritte
jetzt eben durch der Griechen Mitte,
und während ihn die Rache sucht,
genießt er seines Frevels Frucht;
auf ihres eignen Tempels Schwelle
trotzt er vielleicht den Göttern, mengt
sich dreist in jene Menschenwelle,
die dort sich zum Theater drängt.

Denn Bank an Bank gedränget sitzen,
es brechen fast der Bühne Stützen,
herbeigeströmt von fern und nah,
der Griechen Völker wartend da;
dumpfbrausend wie des Meeres Wogen;
von Menschen wimmelnd, wächst der Bau
in weiter stets geschweiftem Bogen
hinauf bis in des Himmels Blau.

Wer zählt die Völker, nennt die Namen,
die gastlich hier zusammenkamen?
Von Kekrops' Stadt, von Aulis Strand,
von Phokis, vom Spartanerland,
von Asiens entlegner Küste,
von allen Inseln kamen sie
und horchen von dem Schaugerüste
des Chores grauser Melodie.

Der streng und ernst, nach alter Sitte,
mit langsam abgemessnem Schritte
hervortritt aus dem Hintergrund,
umwandelnd des Theaters Rund.
So schreiten keine ird´schen Weiber,
die zeugete kein sterblich Haus!
Es steigt das Riesenmaß der Leiber
hoch über menschliches hinaus.

Ein schwarzer Mantel schlägt die Lenden,
sie schwingen in entfleischten Händen
der Fackel düsterrote Glut,
in ihren Wangen fließt kein Blut.
Und wo die Haare lieblich flattern,
um Menschenstirnen freundlich wehn,
da sieht man Schlangen hier und Nattern
die giftgeschwoll´nen Bäuche blähn.

Und schauerlich gedreht im Kreise
beginnen sie des Hymnus Weise,
der durch das Herz zerreißend dringt,
die Bande um den Sünder schlingt.
Besinnungraubend, herzbetörend
schallt der Erinnyen Gesang,
Er schallt, des Hörers Mark verzehrend,
und duldet nicht der Leier Klang:

"Wohl dem, der frei von Schuld und Fehle
bewahrt die kindlich reine Seele!
Ihm dürfen wir nicht rächend nah´n,
er wandelt frei des Lebens Bahn.
Doch wehe, wehe, wer verstohlen
des Mordes schwere Tat vollbracht,
wir heften uns an seine Sohlen,
das furchtbare Geschlecht der Nacht!

Und glaubt er fliehend zu entspringen,
geflügelt sind wir da, die Schlingen
ihm werfend um den flücht´gen Fuß,
dass er zu Boden fallen muss.
So jagen wir ihn, ohn´ Ermatten,
versöhnen kann uns keine Reu´,
ihn fort und fort bis zu den Schatten,
und geben ihn auch dort nicht frei."

So singend, tanzen sie den Reigen,
und Stille wie des Todes Schweigen
liegt überm ganzen Hause schwer,
als ob die Gottheit nahe wär.
Und feierlich, nach alter Sitte
umwandelnd des Theaters Rund,
mit langsam abgemessnem Schritte,
verschwinden sie im Hintergrund.

Und zwischen Trug und Wahrheit schwebet
noch zweifelnd jede Brust und bebet
und huldiget der furchtbar´n Macht,
die richtend im Verborg´nen wacht,
die unerforschlich, unergründet
des Schicksals dunkeln Knäuel flicht,
dem tiefen Herzen sich verkündet,
doch fliehet vor dem Sonnenlicht.

Da hört man auf den höchsten Stufen
auf einmal eine Stimme rufen:
"Sieh da! Sieh da, Timotheus,
Die Kraniche des Ibykus!" -
Und finster plötzlich wird der Himmel,
und über dem Theater hin
sieht man in schwärzlichtem Gewimmel
ein Kranichheer vorüberziehn.

"Des Ibykus!" - Der teure Name
rührt jede Brust mit neuem Grame,
und, wie im Meere Well´ auf Well´,
so läuft's von Mund zu Munde schnell:
"Des Ibykus, den wir beweinen,
den eine Mörderhand erschlug!
Was ist's mit dem? Was kann er meinen?
Was ist's mit diesem Kranichzug?"

Und lauter immer wird die Frage,
und ahnend fliegt's mit Blitzesschlage
durch alle Herzen. "Gebet Acht!
Das ist der Eumeniden Macht!
Der fromme Dichter wird gerochen,
der Mörder bietet selbst sich dar!
Ergreift ihn, der das Wort gesprochen,
Und ihn, an den's gerichtet war."

Doch dem war kaum das Wort entfahren,
möcht´ er's im Busen gern bewahren;
umsonst, der schreckenbleiche Mund
macht schnell die Schuldbewussten kund.
Man reißt und schleppt sie vor den Richter,
die Szene wird zum Tribunal,
und es gestehn die Bösewichter,
getroffen von der Rache Strahl.

INDEX

NATUR UND JAHRESZEITEN

HEIMAT UND FERNWEH

In einem kühlen Grunde,
Joseph von Eichendorff
Konnt mich auch sonst mit schwingen,
Joseph von Eichendorff
Lebensfahrt, *Heinrich Heine*
Lied vom Winde, *Eduard Mörike*
Meine Reiselust - früher und jetzt,
Theodor Fontane
Nachtgedanken, *Heinrich Heine*
O Täler weit, o Höhen,
Joseph von Eichendorff
O, Deutschland, meine ferne Liebe,
Heinrich Heine
Siehst du die Stadt?, *Hugo von Hofmannsthal*
Volksweise, *Rainer Maria Rilke*

WANDERSCHAFT UND REISE

Afrikareisender, *Theodor Fontane*
Berliner Landpartie, *Theodor Fontane*
Brüderschaft, *Wilhelm Müller*
Der Wandrer, *Joseph von Eichendorff*
Es treibt dich fort von Ort zu Ort,
Heinrich Heine
Fußreise, *Eduard Mörike*
Himmel grau und wolkentäglich!,
Heinrich Heine
Ich wandre durch die stille Nacht,
Joseph von Eichendorff
Jetzt wandr ich erst gern!,
Joseph von Eichendorff
Mignon I, Johann *Wolfgang von Goethe*
Morgen müssen wir verreisen,
Hoffmann von Fallersleben
Reiselied, *Hugo von Hofmannsthal*
Tu ich einen Spaziergang machen,
Theodor Fontane
Umkehr, *Joseph von Eichendorff*
Verdrossnen Sinn im kalten Herzen hegend,
Heinrich Heine
Wenn in Wäldern Baum an Bäumen,
Johann Wolfgang von Goethe
Zwei Wandrer, *Friedrich Hebbel*

WILLKOMMEN UND ABSCHIED

Abschied, *Rainer Maria Rilke*
Abschied, *Joseph von Eichendorff*
Ach, aber kaum lernt man sich kennen,
Wilhelm Busch
Du bist fern, *Emanuel Geibel*
Durchschweife frei das Weltgebiet,
Paul Heyse
Früh im Wagen, *Eduard Mörike*
Ich wandre fort ins ferne Land,
Nikolaus Lenau
Lebe wohl, *Eduard Mörike*
Lebt wohl, *Annette von Droste-Hülshoff*
Meist hat, wenn zwei sich scheiden,
Wilhelm Busch
Mit Koffern, Schachteln, Reisesäcken,
Emanuel Geibel
Nur eine Locke von deinem Haar,
Theodor Storm
Vergiss mein nicht, du treues Herz,
Clemens Brentano
Wenn zwei voneinander scheiden,
Heinrich Heine
Willkommen und Abschied,
Johann Wolfgang von Goethe

LIEBE & FREUNDSCHAFT

An die Entfernte, *Joseph von Eichendorff*
An die Geliebte, *Eduard Mörike*
Annchen von Tharau,
Johann Gottfried von Herder
Aus meinen Tränen sprießen, *Heinrich Heine*
Das Geheimnis, *Friedrich von Schiller*
Das Glück ist die Liebe,
Adelbert von Chamisso
Dass du mich liebst, *Heinrich Heine*
Dein Antlitz ..., *Hugo von Hofmannsthal*
Dein Bildnis wunderselig,
Josef von Eichendorff
Der Brief, den du geschrieben,
Heinrich Heine
Des Mädchens Klage, *Friedrich von Schiller*
Der gute Kamerad, *Ludwig Uhland*

BESINNLICHES UND LAUNIGES

FREIHEIT UND FRIEDE

TAG UND NACHT

Wie der Mond sich leuchtend dränget,
Heinrich Heine

TROST UND GOTTVERTRAUEN

Alles kann ich wiedergeben,
Hoffmann von Fallersleben
Älter als die Schwestern alle, *Wilhelm Busch*
Dankbar sei mit Herz und Munde!,
Hoffmann von Fallersleben
Das sind die Starken, *Franz Grillparzer*
Dauerhaftem schlechten Wetter,
Wilhelm Busch
Den bängsten Traum begleitet,
Friedrich Hebbel
Es gibt noch Wunder, liebes Herz,
Christian Morgenstern
Es ist der Glaub' ein schöner Regenbogen,
Emanuel Geibel
Hab Sonne im Herzen, *Cäsar Flaischlein*
Ich sage dir als tröstlich Wort,
Christian Morgenstern
Immer enger, leise, leise, *Theodor Fontane*
Kannst dem Schicksal widerstehen,
Johann Wolfgang von Goethe
Muss man von Freuden scheiden,
Hoffmann von Fallersleben
Nach den Tränen stellt im Leben,
Justinus Kerner
Nichts hat in der Welt Bestand,
Hoffmann von Fallersleben
Oft denk ich, sie sind nur ausgegangen,
Friedrich Rückert
Oft muss man erst durch Wolken dringen,
Hoffmann von Fallersleben
Sahst du ein Glück vorübergehn,
Nikolaus Lenau
So komme, was da kommen mag!,
Theodor Storm
Solang noch Berg' und Tale blühn,
Justinus Kerner
Trost, *Eduard Mörike*
Tröste dich in deinem Leid,
Hoffmann von Fallersleben
Tröste dich, die Stunden eilen,
Theodor Fontane
Warte! Du erlebst es noch, *Friedrich Rückert*
Weißt du, was in dieser Welt,
Friedrich von Logau
Wenn mir mal ein Malheur passiert,
Wilhelm Busch
Werde heiter, mein Gemüte,
Hoffmann von Fallersleben
Wer nicht will, wird nicht zunichte,
Wilhelm Busch
Wie dunkle Nacht, sie ist verschwunden,
Hoffmann von Fallersleben
Wie von den einzelnen Mühen,
Friedrich Hebbel
Zählt man die Zeit im Jahr, *Justinus Kerner*

MÄRCHEN UND MYTHEN

Barbarossa, *Friedrich Rückert*
Belsatzar, *Heinrich Heine*
Der Feuerreiter, *Eduard Mörike*
Der Fischer, Johann *Wolfgang von Goethe*
Der Handschuh, *Friedrich von Schiller*
Der König in Thule,
Johann Wolfgang von Goethe
Der Ring des Polykrates,
Friedrich von Schiller
Der Sänger, Johann *Wolfgang von Goethe*
Der Taucher, *Friedrich von Schiller*
Der Werwolf, *Christian Morgenstern*
Der Zauberlehrling,
Johann Wolfgang von Goethe
Die Geister am Mummelsee, *Eduard Mörike*
Die Kraniche des Ibykus,
Friedrich von Schiller
Die Lorelei, *Heinrich Heine*
Die Nixen, *Heinrich Heine*
Die schlimme Gret und der Königssohn,
Eduard Mörike
Erlkönig, *Johann Wolfgang von Goethe*
John Maynard,*Theodor Fontane*
Zu Bacharach am Rheine, *Clemens Brentano*

Autoren